Sono io, la tua aria

Scritto da

Antonio Romagnolo

Editing by Renata Zirilli

Photo of the Author by Sergio Mellina

Design suggestions by Giuseppina Lucchesi

Sono io, la tua aria

A mia Madre

Non Respiri

Non hai messo tutto in conto, hai creduto che gli imprevisti esistono solo se ci pensi. I tuoi Rayban non sono bastati a nascondere l'angoscia. Perdere dodici chili è servito a poco, la tua barbetta non deve essere piaciuta a quell'agente. La distanza ha occultato la canizie creata da pochi attimi di vita eclissando la qualità del tempo vissuto. Io rimango sola.

Basta poco e il tutto si tramuta, diviene marcescente, si aggiunge alle muffe delle foglie muschiate dalla brina e dalle ombre dei fitti rami. La luce passa, manifesta tremula, ma non basta, adesso è tutta una poltiglia bruna, fresca; terra disadorna, rada solo per i vermi.

Ci sei tu in quella valle verdeggiante spezzata da un sottile strato di pece nera. Una striscia bianca tratteggiata la divide, il giallo ai bordi la cinge. Sei fermo al casello autostradale, hai sbagliato manovra, hai dovuto aprire lo sportello, hai sentito la tua giacca di velluto scucirsi. Il chiacchierare degli agenti si è arrestato. Sorridi nello scendere, i bottoni perlati della tua camicia celeste rimbalzano ad ogni battito, senti le gambe che ti abbandonano, resisti.

Hai pigiato il bottone rosso e afferrato il biglietto, sci risalito in macchina velocemente. È ancora accesa, fumante come la sigaretta che tieni tra i denti.

Chiudi lo sportello, abbassi il parasole, sistemi con cura un biglietto che non dovrai mai pagare; ci penseranno loro a mettere tutto a posto. Metti la prima, fai rombare il motore, senti le esalazioni della benzina miste all'odore della pelle dei sedili. Una folata di maestrale urta la tua vettura, stringi lo sterzo in radica di noce, senti il profumo di un ciliegio incrostato di licheni. I suoi petali porpora si disperdono per la prima volta, soltanto adesso, ora che non respiri.

Ti sei liberato di quel mozzicone gettandolo sull'asfalto di pece cocente. Hai pensato che stessero aspettando te quei ragazzini in camicia blu ed una sottile riga rossa nel pantalone grigio. Noti un bagliore azzurro venire dal retrovisore, ti accorgi che è mal posizionato, lo sistemi. Tre auto nere ed una bianca con le sirene lampeggianti passano velocemente dal telepass accanto, sfiorano i bordi del casello. Gli agenti al posto di blocco salutano battendosi la mano destra in fronte, la barra a strisce rosse e bianche si è alzata da tempo, aspetta solo che tu vada. Capisci che sei fottuto, ma non ci vuoi credere.

Stacchi la frizione, hanno il dovere di fermarti, sono stati a guardare fino ad ora temendo il peggio. Hai un viso buono, sembra liso, ma è imbruttito solo da quel malaffare. Adesso che il peggio per loro è passato vogliono mettersi al sicuro.

La macchina fa dei metri, metti la seconda, un agente si piega e tende la mano allo stivale. Con la coda dell'occhio fai caso a quel punto rosso con attorno un cerchio bianco, dai una botta al pedale e acceleri fino alla terza, alla quarta è già tutto fuori dal tuo raggio visivo.

Guardi solo ciò che hai davanti; il riverbero ondeggiante e fasullo dell'asfalto infocato. Senti il motore, ti chiede la quinta, tu gliela dai. Stai scappando, con due cuori, a centottanta.

È così che immagino sia andata. Sì, lo so che è andata proprio così. L'agente me lo ha raccontato nei dettagli. Ho fatto un casino per poterti vedere subito, ho messo a repentaglio la mia salute mentale, ma non ce l'ho fatta. È stato lui a parlarmi di tutto. Ha voluto vedermi per scusarsi, *signora mi perdoni,* ha detto. Lo ha fatto per togliersi questo brutto peso dalle spalle, forse anche per qualche altra ragione, ma io avevo bisogno di sapere, così l'ho ascoltato. Adesso amore mio ti scrivo perché ho pensato che sono pronta a riamarti, adesso che di questo puzzle mi manca un solo pezzo.

14 Settembre 2009

Ho lasciato le mie catene nel fondale di questo mare benedetto e sono cresciuta come tu speravi. I tuoi figli vanno avanti nella vita, sono intelligenti, vivaci, un po' bastardi, come te, al punto giusto, al punto che non te ne accorgi. Il nostro gioca sotto le ali piene d'amore del tuo angelo, come gli avete insegnato voi, senza nessun pregiudizio. Ti scrivo nella tua lingua, quella che mi avete inculcato, quella in cui ci tieni tanto perché credi sia nato tutto da qui. Dici che se guardi la cartina del mondo voi siete al centro, che se ascolti tutti gli altri latini voi

8

siete la lingua madre e gli altri sono i vostri dialetti. Sei un gran presuntuoso, mi fai ridere perché ne sei convinto. Ma poi mi guardo attorno, ci rifletto, ed apprendo che quello che mi hai detto è vero. Mi hai messo l'Italia nel cuore, me lo hai quasi imposto, ed io ci sono cascata.

Muovo questa tua penna a china su questi fogli canuti come tu hai fatto per tanti anni. Ne ho un bisogno maledetto, ho il dovere di ridarti la vita, come tu l'hai ridata a me.

Non ho più voglia di ricordare il tuo muso, non c'è più traccia delle vibrazioni della tua voce nella mia memoria. L'olfatto non ti cerca, ma non posso fare a meno di sentire, a volte, quelle inondazioni d'amore; amore amaramente vero, mio caro amante. Ho tanti ricordi dentro, l'inizio di tutto, il nostro addio, un destino puntuale e cinico che mi ha riportata qui, in quest'isola, tra queste mura. Cose che tu non sai, cose che avrei dovuto dirti, parole che non si possono pronunciare. Momenti che io adesso sento il bisogno di disegnare in queste pagine che sapranno essere tanto dolci quanto amare.

Perdonami, fallo adesso, perché dopo potresti dubitare di me; l'amore è un sentimento sottile, con un alito di vento si sgretola. Non respirare amore mio, aspetta, non meriterei un simile fio.

Sai, proprio oggi, proprio in questo giorno così nefasto, ho pensato per la prima volta

9

che il mondo fa pena, ma poi ho guardato le foto di quando eravamo piccoli, ho accarezzato i bambini, e questo brutto pensiero si è dissolto nel nulla. Come te, appunto, che non puoi sapere e vedere, proprio nulla. Sono su questo nostro scrittoio, su questo legno che ha visto sfiorarci tra una tabellina ed una bacchettata sulle mani. Sono nella camera ardente. Oggi questa casa era infestata dai parenti, dal tanfo dei fiori moribondi, dal suono pulito del lamento. V'erano teste piegate in un lato, volti diafani per il dolore, v'era il pianto dell'unica madre che penava contro natura.

Le mosche svolazzano ronzando, si posano a turno su quel viso color mosto di vin santo. Tua zia gira attorno alla bara con un alito che puzza di carogna, caccia quegli insetti neri, poi mi passa accanto sperando che le rivolga la parola. Non ho nulla da aggiungere, quel vociare ipnotico che odora d'ossessione di vecchie con abiti neri, con il rosario di legno avvolto in una mano, ed un solo grano nelle dita dell'altra, bastano. Sono quasi tutte alla seconda decade, toccheranno il grano più grosso, diranno un Padre Nostro e partiranno con la terza decina di Ave Maria. Ma a me questo supplizio porta solo una forte nausea.

10

Siamo in quella stanza dove abbiamo studiato tanto, l'unica dove non abbiamo fatto l'amore. Me lo hai detto allontanando il tuo collo dalle mie labbra, *qui non si può, questa è la stanza degli addii*, adesso comprendo. Siamo tutte donne tra queste mura, gli uomini fumano sparsi tra la cucina, il suo balcone, ed il giardino che dà sul mare. Ci sono i tuoi più cari amici, c'è Lello e il Figo. Sono eleganti, sempre belli, capelli neri, occhi neri, sembrano dei gangster, trovano il modo di sorridere, giocano con i tuoi figli. Questa casa puzza della morte dei vivi, dei pori schiusi di questa gente passata. Settembre non ha ancora oltrepassato le soglie delle finestre, per quest'anno non ne avrà il coraggio. Un lieve vento di scirocco fa ondeggiare i rami del tuo albero preferito, i fichi sono quasi pronti, ma non credo li mangerai. La temperatura salirà sopra i trentatré, il selciato sotto il gazebo é già pieno di cicche. Verrà a piovere, forse oggi stesso, durante il corteo, o dopo la sepoltura. Puliremo tutto domani, o tra tre giorni, o quando sentiremo il bisogno di cancellare questa lavagna scarabocchiata da equazioni errate; la vita è molto più semplice, ma lo abbiamo tutti dimenticato, è bastato sbagliare per una sola volta, la prima, e forse anche l'ultima.

Vado in bagno, mi serro dentro, piscio con le mani congiunte, rimango a fissare le curve

11

della vasca da bagno antica, mi soffermo sulle teste di leone su cui si poggia, le ultime gocce raggiungono il fondo del cesso. Mi asciugo, sento la carta ruvida, comprerò della carta igienica più costosa. Le lentine mi danno fastidio. Mi opererò. Farò come mi ha detto Lello, prenderò quei soldi del conto inglese.

Mi sblocco dal trance, mi rivesto e vado allo specchio. Ho i capelli unti, li ho da poco fatti tagliare, riesco appena a legarli dietro con un elastico rosa, erano bruciati dal sole. Sono l'unica bionda vera in casa. Una ciocca cade sul mio naso lentigginoso, la incastro con un fermaglio viola tra gli altri capelli. Ho ancora un viso da ragazzina, l'azzurro degli occhi illumina il mio volto scurito dall'estate e da questo giorno mesto.

Porto dei pantaloni alla zuava, mi lasciano le caviglie e parte delle gambe scoperte, me le guardo dando le spalle allo specchio oblungo. Ho dei tendini d'Achille molto fini, i polpacci tosti; nuoto, corro, vado in bici, scalo colline, non mi fermo, non posso.

Calzo quelle ballerine di camoscio viola che mi ha portato tua madre dalla Francia, quelle con il fiocco a forma di giglio. Alla fine i miei piedi puzzeranno, ma non importa, me le ha portate lei, le devo qualcosa, nonostante tutto. Quelle per cui una volta mi hai fatto una scenata perché era Gennaio, faceva freddo, ed io tiravo fuori il tallone mentre quello del tavolo accanto mi guardava le gambe con insistenza. Adesso mi faresti una scenata perché è Settembre, fa caldo, e gli animali non si uccidono per un paio di ballerine da calzare ad un funerale.

Non vorrei apparire eccessivamente libera, proprio adesso che tu sei altrove, ma cosa posso farci se ho sempre voglia di denudarmi le gambe? Me lo hai detto tu, per costringermi a non portare gli occhiali; *le cose belle non si nascondono*. Proprio così, proprio come adesso penseresti se potessi leggere queste parole, e come tante volte lo hai letto su quella mattonella appesa al muro della cucina; *siamo padroni del nostro silenzio e schiavi delle nostre parole*.

Dovresti essere stato qui a vedere oggi, a sbottare con me dalle risate. C'era quel frate, quello che ci cacciò via dalla chiesa perché ci baciavamo nascosti dietro l'organo, seduti sul pavimento. Non usavamo neppure la lingua, non lo sapevamo che si potesse. Quel frate era vecchio anche quando noi eravamo bambini, l'ho visto stamane nelle foto della tua prima comunione, quella che non ho mai fatto. È passato quasi un quarto di secolo, mi chiedo come faccia ad essere ancora così operoso, acceso di vita, quasi a rimarcare quanto quel piano divino di cui tanto mi hai parlato sia così ingiusto. Porta soltanto alcuni lievi segni del tempo; lo so, si è fatto i cazzi suoi.

Mi si avvicina. Bisbiglia sul mio viso un sottile alito al passito, mi dice che tua madre è stata un'autentica fedele, che si ricorda bene di noi assieme, poi si ferma e mi fissa. Tira fuori gli occhi, spostando quelle lenti tonde dai bordi argentati opachi verso la punta del suo naso rosso. Mi lede l'iride. *Io so tutto cara Beatrise,* vorrebbe dirmi, *ma la vita è un brogliaccio scritto male, senza alcun metodo né criterio, altrimenti il conto da pagare sarebbe troppo alto.*

Non viene mai fuori dal convento Fra Vincenzo, rimane nel guscio, lontano dai malocchi. Mi chiedo se ci abbia realmente voluto del bene, oggi però è dentro queste mura a prendersi cura di noi. Si occupa di tutto lui. Credo abbia più di ottant'anni, ma ne dimostra molti di meno. Si dice abbia visto San Francesco di Paola in più di un'occasione, nella sua follia. Accoglie i curiosi, si affanna a spostare le ghirlande, distribuisce bicchieri di carta e le caraffe d'acqua.

Mi sono chiesta se ne sia valsa la pena; che tua madre sia stata una fedele intendo. Non ero ancora entrata in chiesa, non sapevo chi fosse il prete di questo giorno nero, per questo mi sono fatta domande vacue con soluzioni ovvie anche per i tonti.

14

Ricordo di quegli anni tra l'infanzia ed il primo acconto. La caparra che ci hanno estorto, il primo gruzzolo, l'inizio dell'ammonticchiarsi di questo debito che negli anni s'è rivelato inestinguibile. Ma noi non pagheremo, lasceremo quest'onere a chi verrà dopo, lo diluiremo nel silenzio, in altra forma, ma staremo allerta. Questa casa mi fa tanto sospirare. Chi lo avrebbe mai detto vent'anni fa. Le sue mura ed altri beni furono oggetto di contesa, un ottimo tema su cui discutere subito dopo la morte di tua nonna, quella buona, quella ricca. Una materia che ha distolto totalmente gli occhi dal tuo nuovo, disturbato, preadolescente modo d'essere. Dopo il suo funerale, durante i pasti dei giorni precedenti, non riuscisti a pensare ad altro che a lei, ricordi? Ad ogni piatto che ti veniva messo di fronte, ad ogni morso. Non riuscivi mai ad andare oltre il primo boccone, credevi lei fosse nel tuo palato ogni volta che portavi il cibo in bocca.

Si litigava già aspramente tra fratelli e sorelle perché voi usciste da lì ed andaste altrove. Le nostre lezioni venivano spesso interrotte da telefonate al veleno. Tuo padre incassava, ignaro delle conseguenze. Intanto tu già trattenevi il respiro, ti esercitavi a stare sott'acqua più a lungo, per l'estate che sarebbe arrivata, quella che hai aspettato tanto, quella dei tuoi primi dieci anni. Controllavi il tuo mondo, rischiavi la morte, eri uno scheletro, nessuno poteva costringerti a mangiare o a bere, era un sadico piacere il tuo.

Uno di quei giorni tuo padre aspettò che tu tornassi da scuola, ti chiese se sapessi dove gli angeli avessero portato la sua cara madre. Pensasti fosse in una bara, dentro un loculo umido, ormai scoppia, a decomporsi. Poi ci riflettesti e gli rispondesti con degli occhi inquieti, *non lo so*. Lui quasi si arrabbiò, poi però comprese che eri un fanciullo disturbato, che presto avresti imparato. Così ti disse che per un periodo sarebbe stata in purgatorio e che dopo sarebbe andata in paradiso. Non gli credesti, ma riuscisti a sorridere facendogli pensare che ne eri convinto.

Per la psiche dei bambini le favole sono importanti, anche questo me lo hai detto tu. Per lui ci fu un grande inferno quell'estate, il cancro se lo mangiò per intero da dentro le ossa fino alla pelle. Per te invece la sua morte fu vitale, osservasti l'inevitabile e ricominciasti lentamente a mangiare. I demoni vennero a farvi visita, accompagnavano il parroco dell'estrema unzione.

Uno di loro è quel prete che ancora non ho visto, quello di questo giorno, quello dell'ultimo saluto; ha abusato del chierichetto che fu chierichetto prima di te e che oggi serve messa accanto a lui. Sono preti entrambi oggi, uno della chiesa al mare e l'altro della chiesa sulla rocca. Adesso capisci? La vita ci ha presi in giro fino ad ora, adesso che le parole non servirebbero a null'altro che ad essere cacofoniche note per orecchie malconce.

Perché ti ricordo tutto questo amore mio, perché ti scrivo di cose che hai di certo cancellato? Non lo so. Forse sperare non basta, forse ho il dovere di ricordarti che non puoi andare via così, o forse sono una folle che non ha nulla più a cui aggrapparsi.

Per fede, per carità, o per compassione ho imparato a tenere una penna in mano come si deve. Ci innamorammo a casa tua, a casa della mia maestra abusiva. M'insegnò a scrivere, a leggere e a contare come voi. Imparai la vostra storia e parte della mia. Che donna fenomenale. Si scusava sempre per non essere in grado di capire il russo. Non le ho mai detto che neanche lo parlavo il russo, che la mia lingua era un'altra, che l'Unione Sovietica non esiste, non è mai esistita.

Ah, prima che lo dimentichi, questo mi preme. Tua zia, la moglie del fratello di tuo padre, è una gran villana. Figlia di contadini; malerba. Mi ha guardato con astio in questi due giorni neri. Questa casa la vorrebbero ancora loro; i villani. Non l'hanno mai digerita questa cosa, forse non hanno mai avuto una casa vicino al mare, non sanno com'è fatto. Ma per questo secolo è andata così, apparterrà ad un uomo che porterà il nome di tuo padre e che saprà pescare.

Il corteo è quasi pronto, il carro moderno è ancora vuoto, la villana dopo due giorni di estenuante attesa senza riposo né desino si volta verso la figlia e con un tono da tabagista scria le fa cenno d'andare, *voglio vederla fuori,* dice. La vuole ancora questa casa, a tutti i costi, ma non sa ancora che io sono tua moglie, quello è nostro figlio, e che non v'è più alcun bisogno di vendere. Guardo la sorella di tua madre, i suoi occhi sono quelli di un killer, la prego di perdonarla, lo faccio con un sorriso sincero.

Osservo scendere quella scatola costosa, ho le braccia conserte, fitte dalla paura. Aspetto che tutti vadano via. Questa casa è già mia e dei tuoi figli. Avevi ragione, risposarti è stato un gran bene.

Sono usciti tutti, apro ogni finestra, mi sento chiamare dal fondo della scala. Tua sorella grida che aspettano solo me, le rispondo che uscirò dopo che quel corteo si sarà allontanato. Pensa che vi manco di rispetto, ma ho un conto in sospeso. Spalanco tutte le porte, mi faccio il segno della croce, non prego, ma minaccio Dio. Di scacciare il diavolo da quelle mura, da quel paese, dal mondo. Lo minaccio dicendogli che se non mi ascolterà lo farò io, con le mie stesse mani. Il mondo mi fa pena.

Arrivo in chiesa appena in tempo, ho percorso i vicoli più rintanati, quelli dove pisciano i pescatori. Ho il fiatone, mi duole forte il petto, ho fatto tutte quelle scale dove i ragazzi la notte si nascondono a fumare le prime sigarette, posti da dove si vede il mare, lo abbiamo fatto anche noi. Una volta tua madre ci ha sorpresi. Ti ha creduto.

"Stavamo solo parlando Má!"

Non lo sapeva del nostro amore, ci vedeva ancora come dei fanciulli, invece tu mi inumidivi il collo e poi mi portavi sempre sul divano di casa tua. Non resistevi più di tre giorni, dicevi sempre questa è l'ultima volta, avevi paura, però volevi toccarmi, essere toccato, attraverso i vestiti, nient'altro. A volte arrivava qualcuno, in fretta ci davamo una sistemata, ridendo. Io arrossivo e tu dicevi sempre la stessa cosa, *i russi questo caldo non lo sopportano proprio.* Ma io non sono russa!

Sento i vapori del mare misti al puzzo del pesce seccato al sole, corro sul sagrato incandescente, ormai deserto, solo qualche cartaccia, tutto è pronto. Entro, avverto la frescura dei marmi, l'acqua benedetta è tiepida, porto le dita unte dalle creme di tutti gli altri alla fronte, l'odore d'incenso m'invade. Il vociare si è arrestato, Padre Samuele mi vede arrivare, aspetta. Si odono soltanto i miei passi svelti in un sordo silenzio. M'acquatto accanto ai bambini, tua sorella è lì con loro, mi guarda sottomessa. La sua voce adesso prende forma, la ricordo bene, m'invita subito a rizzarmi.

"Nel nome del Padre, del Figliolo, e dello Spirito Santo."

"Amen."

Ho la bara di fronte, posta su un catafalco nero sommerso dal colore vivo di centinaia di fiori. Sorrido spesso, penso a tutti quegli sguardi pieni d'amore, un sentimento che può uccidere, l'ho imparato bene. Frattanto aspetto di consumarlo, lui, il porco. Pronuncia il tuo nome più di una volta, ma non ha il coraggio di rivolgermi un solo sguardo. Né a me, né ai tuoi figli.

Sono una donna adesso, madre di un dolce bambino, guardiana del tuo angelo, custode del frutto di un amore spezzato due volte. Sono una signora che ricorda quando eravamo bambini, che ha ben impresso in mente quel Sì rosso scolorito, con la cinghia cigolante, macinata dall'usura. Quel motorino con un sellino troppo piccolo per due persone, per il culo di quel chierichetto adesso fatto grasso e prete. Ho un vivido ricordo, proprio mentre tutti dicono il credo.

Credo in Dio Padre e onnipotente, creatore del cielo e della terra, di tutte le cose visibili ed invisibili...

Lo sto pensando anch'io, recitando nel mio cuore, anche se non ho voglia di crederci. Ed è a quell'*invisibili* che chiudo gli occhi e rivivo quel membro gonfiarsi dietro la mia schiena, che so che mi ha teso una trappola, che non è un caso che abbia indossato una tuta e che quando scenderò avrò la maglietta maculata, la schiena umida, ma non ne capirò il perché.

Sono troppo piccola, ho solo nove anni, parlo poco l'italiano, mi ha promesso di farmi portare il motorino, per un giro durato troppo. Di una piazza prima, di un quartiere dopo, e di una strada di campagna che ci avrebbe riportato di fronte alla chiesa. Ci sono dei fossi creatisi con l'acqua piovana, tiene sempre il manubrio in mano, mi stringe i fianchi con le gambe, ne approfitta di quei movimenti molleggiati, ed in breve sparge il seme eccitato dalla mia carne tenera.

Tua madre ci guardava e rideva mentre ci allontanavamo. Credeva che fossimo felici. Lo eravamo, fino a quando non abbiamo capito. A volte lui si fermava perché non riusciva a sfogare, simulava l'infossatura della ruota posteriore puntando i piedi sullo sterrato, e con comodo faceva come una bestia che si frega per il forte prurito.

Povera scema, ti sei spenta e non saprai mai che due demoni stanno dicendo la tua messa di morte. Ma io perdono. Con molta pena, ma perdono. E tu amore mio, cosa hai nel cuore adesso? Oggi, che non ti è stata concessa neanche questa giornata di tristezza. C'é tua madre sotto quel coperchio avvitato e saldato, ed io non ho altro modo per dirtelo che questo.

Non avrei mai immaginato o sperato un giorno di rimanere incatenata a questa terra di occhi che mi hanno sempre guardata con velato disprezzo. E chi non se ne accorgeva con la vista lo faceva con l'udito. Quell'accento sulla prima sillaba di parole di cui ricordavo solo la forma scritta storpiava i volti di molti; labbra storte come sapete farlo solo qua. Ricordo quando mi hai detto che la cosa che ti faceva più paura di tornare a vivere in Italia era rischiare di essere di nuovo quel tipo d'italiano.

Sai, non te l'ho detto mai, ma essere una puttana dell'Est in questa terra di troie nostrane non è stato facile. È stato un caso, come dici sempre tu. Un caso che ci siamo rifugiati qua quando avevo sette anni, un caso che sono andata via prima che tu diventassi un uomo, un caso che ci siamo riconosciuti dopo quasi due decenni in un luogo improbabile. Forse è vero, forse Dio esiste ed ha un disegno divino. Ma io a tutto questo non riesco proprio a dargli un senso.

15 Settembre 2009

È notte, sono tornata su questo scrittoio, ne sento il bisogno, é l'unica maniera per parlarti, voglio credere tu sia in qualche luogo parallelo, che ascolti la scrittura, che forse mentre domani ti sarò accanto a leggerti queste righe ti svegli e torni a casa. Fuori è ancora afa, ma ne sono certa, domani viene a piovere.

Noi abbiamo una coscienza caro Marco, siamo consapevoli, troppo svegli, come me in questo momento. Tutte cose che gli altri animali sembrano non avere. Ho visto un documentario sugli elefanti l'altra sera, forse loro sono i più vicini a noi, sembra abbiano anche loro delle capacità simili, che riescano a simbolizzare la morte, provare emozioni profonde, essere in lutto.

Questa consapevolezza di una fine certa in qualche maniera mi aiuta, mi fa divenire più sensibile, mi unisce agli altri. Sembra aumenti la mia creatività, il mio desiderio di condividere e partecipare, d'essere parte della vita. Quello che però trovo crudele e doloroso in tutto ciò, è l'essere cosciente di investire nella vita mentre sto andando nella direzione opposta ad essa, come tutti d'altronde, come te amor mio.

Non ti ho mai parlato del purgatorio, di quando ero sola, di quando eri divenuto soltanto una memoria lontana. Ho vividi ricordi di tutto, ti infastidisce, ti faccio notare la tua incoerenza, dici che si chiama arte d'avere ragione, che sono patetica, invece è vero, ti contraddici spesso. Voglio tu sappia, capisca, che mi senta, che provi rabbia, che tu mi dia un segno. Non ti ho mai detto cosa era poco prima ti rivedessi, non l'ho mai sentito, adesso invece voglio tu comprenda. Che miglior modo potrei trovare per farlo se non quello di riviverlo assieme a te?

È notte fonda, sono sveglia, con la faccia sul cuscino lezzo, gli occhi serrati, il corpo maltrattato. È buio, le lancette fluorescenti nel muro di fronte indicano le tre in punto del ventuno d'Aprile 2006. Ha premuto un pulsante a duemila chilometri di distanza, acceso una luce verde che mi dà fastidio. Il portatile vibra, rumoreggia sul comò. Mi sta cercando. Avrà finito di lavorare, la musica è bassa, il vociferare è leggero, nessuno grida più, qualcuno impasta le parole.

Credo di sentire alle narici quel fetore di sudore misto all'alcol che viene fuori dal corridoio e che porta dalla sala da ballo giù fino all'uscita. Sono andata a prenderlo tante volte, subito dopo il lavoro, quando ne avevo bisogno. Ubriaca, delusa da un'altra serata senza amore, vogliosa, di farmi svuotare, una volta ancora, una di più.

Lui è là, con il telefonino in mano, un auricolare grigio all'orecchio sinistro, lo sguardo fisso in un punto ben preciso. La mascella rigida, il petto in fuori, un anello d'oro che risalta sulla pelle nera. Senza un pelo, solo le ciglia e le sopracciglia come adorno per quegli splendidi occhi verdi. Il suo bomber scuro da *security* è umido, porta dei guanti neri di pelle, dei pantaloni a vita bassa dello stesso colore. Le notti inglesi d'Aprile sono fredde, i suoi glutei tesi, l'ano serrato.

Mi chiede dove sono, rispondo che sono in Grecia. Non mi crede, ma è vero. Sono nuda, con la schiena sporca del seme di un altro. Cerca di darmi dei consigli, *forse é meglio che smetti con l'università, sento il tuo nervosismo, c'è un'età per tutto!*

Non sa neanche che l'ho quasi terminata, che alla fine di quest'anno ci sarà la cerimonia. Poi mi chiede quando sono libera per vederci, per svuotarsi le palle. Gli dico di badare agli affari suoi, che ai miei ci penso io, che studio perché mi piace, e che m'innervosisco perché sono io, così, fuori di testa, vera. Lo infastidisco, dice che lo contraddico sempre, che studiare lingue non mi farà trovare un lavoro migliore. Non credo gli importi molto del mio futuro.

"Ho ventott'anni, mi so gestire."

"Allora gestisciti!"

Riattacca.

Tra tre ore decollo, ho la faccia piegata dall'alcol. Ho fatto sesso questa notte, con uno slavo, era carino, ma mi ha fatto un po' male. Poi però è stato gentile, mi ha coperta ed è scappato pensando io dormissi. Non dormivo, speravo in un poco di dolcezza. Che idiota sono. La carne non basta.

Ho un forte mal di testa, un vuoto colmo d'ansia. Non mi stimo.

Mi hai sempre detto che avrei dovuto essere io a cercarti, che tu non sapevi bene da dove provenissi, che la Lettonia non è dietro l'angolo. Sapevo che mentivi, ma poi ho compreso quanto questa fosse una mezza verità. Non ti ho mai risposto, ho intuito il tranello, l'ho fatto per non ferirti, per fare in modo che il risultato piacesse a tutti. D'altronde, tu sai poco o nulla. Sarei stata di certo una donna diversa se ci fossimo rincontrati prima, non avrei dovuto dare tanta importanza al sesso, nonostante tutto. Lo so, adesso non respiri.

Ricordo ancora le tue lacrime adolescenti il giorno nel quale hai saputo che la Lettonia sarebbe stata presto indipendente. Sapevi che mio padre non aspettava altro, che rientrare sarebbe stato facile, che aveva preso dei contatti, trovato un posto dove stare ed un lavoro sufficiente a mantenerci. A casa, nella nostra terra. Ma io non ho terra, appartengo al mondo, il mio mondo.

Ci hanno arrestati al nostro arrivo. C'erano ancora i russi, non so bene, sembrava fosse una frottola politica. Ci hanno divisi per tre giorni, poi rilasciati. Io e mio fratello eravamo terrorizzati, soli, isolati, non capivamo. Parlavano quasi tutti una lingua straniera.

Volevano dei soldi, mi ricordo di questo. Ci hanno liberati grazie a delle conoscenze di mio padre, ma l'indipendenza sembrava non essere mai iniziata. Poi però le cose sono cambiate, lentamente, era vero, la Lettonia era indipendente. Ma parlavano quasi tutti sempre in russo.

Ci hanno derubato presto in casa, hanno preso quasi tutti i nostri soldi, anche quelli italiani. Altri li avevamo dalla mia nonnina, perché li tenesse al sicuro, era là che mio padre li faceva arrivare.

È stata dura per la gente comune. Sotto il dominio sovietico non si stava poi tanto male. Nessuno avrebbe potuto immaginare un mondo senza di loro, solo mio padre e quelli come lui. I ventenni di oggi non sanno nulla, proprio nulla, non hanno la minima idea di come era la vita Lettonia prima dell'indipendenza, non sono neppure interessati a saperlo. Alcuni di loro i russi li schifano solo per sentito dire, altri hanno cumuli di ossa in giardino, sottoterra.

Mia madre ci ha sempre tenuto fuori da queste cose, ma quando siamo tornati avevamo già occhi per comprendere ed orecchie per intendere. Il mondo non respira.

Spesso non riuscivo a capire gli altri, credevano io fossi ritardata, non capivo la matematica, la scrittura, i simboli. Gli sforzi di mia madre e di mio padre sono serviti, scrivevamo e leggevamo in lettone tutte le sere in Italia. A volte mia madre diceva che forse sarebbe stato meglio imparare anche il russo, come hanno fatto loro due, che ci sarebbe servito. Loro il russo lo parlano, lo hanno studiato. Ma mio padre si opponeva, diventava nervoso.

Oggi sono i figli dei russi che sono nati nella nostra terra a dare esami di lettone per prendere la cittadinanza, sembra un gioco, una stupida ripicca. Non sono andati mai via, non lo faranno mai, adesso stanno comprando tutto là, in Lettonia.

Così ho perso la mia gioventù nel disperato tentativo di farmi accettare, sui libri. In tre anni ho ripreso tutti, pensando sempre alla maestra. Avevo un metodo infallibile, clinico, è tutto merito suo. Dipendeva tutto da me, lo sapevo, potevo stupirmi ancora. Lo avevo già fatto una volta con te, con la tua mammina.

Eri al primo ginnasio, attaccato alla finestra della scuola con quel tuo amico, quello moro, il Figo. Mi guardavi singhiozzando mentre vi salutavamo dalla piazza centrale. Che dire? Siamo scappati dai nostri recinti per rinchiuderci in quelli di gente estranea, nelle vostre terre, a raccogliere patate, olive, arance, e limoni. Siamo scappati dalla nostra terra per cercare di non essere oppressi, di rimanere una famiglia intera.

Forse però, adesso che siamo uniti, tutti vincitori di questa "grande" Europa, crediamo che tutto quello che è successo sia servito a qualcosa. C'è chi ha pagato con la vita, chi ha potuto costruire, chi oggi può fare avanti e indietro finalmente, ma la mia sensazione è quella di fare solo parte di un pollaio ancora più grande.

Mi avvio al check-in, cerco il volo Corfù-Londra, ho mal di testa, non so dove sto andando, nessuno mi aspetta. Azeez è stanco di me, dei miei sbalzi d'umore, delle mie insicurezze. Non lo biasimo, lo metto sempre alla prova, non mi fido. Mi ha chiesto di andare in Africa con lui, ho rifiutato. Lo tradisco quando ne ho voglia. Siamo entrambi figli di una società malata d'inquietudine, il risultato della corruzione dei nostri governatori, della forza dei nostri padroni. Viviamo il no, il non può essere, il non esiste, la disunione, l'illusione della libertà personale, l'egoismo. Sembra una prigionia forzata da menti scaltre, o così abbiamo voglia di credere, forse ci conviene. Sappiamo che l'unione porta dolore, lo abbiamo imparato dagli architetti della nostra vita; ed il dolore...
...no, il dolore no! Quello proprio non ci piace, non lo sopportiamo.

L'aereo prende la rincorsa, le mie mani sudano, non sono abituata, ho paura, ho sempre timore che accada il peggio. Ho accanto un bambino con sua madre, si diverte mentre lei lo solletica; lei invece è come me,

31

esaurita. Lo vedo dai suoi occhi venati di rosso. Non porta fede, ha una gonna lunga verde militare, una canottiera bianca semplice, delle infradito di tela ai piedi. Madre e figlio sono simili, hanno la pelle chiara, gli occhi azzurri, i capelli lisci, sono soli. Mi addormento che ancora puntiamo il cielo greco, sono sfatta. Adesso russo, però posso ascoltarmi, sono in dormiveglia. Qualcuno mi tocca per farmi smettere, gli do fastidio, non capisco chi è stato, il bimbo e sua madre dormono. Forse mi ha urtato quell'hostess, non so. Sono spesso paranoica, do importanza a cose superflue, mi perdo. Il comandante annuncia che atterreremo presto, lo fa in inglese, l'audio non è perfetto. Guardo l'orologio di quella madre, lei si sveglia, come se avesse avvertito il cambiamento d'umore di tutti gli altri. Ci guardiamo, le chiedo se porta l'ora inglese, non parla, m'indica di sì con un cenno del capo.

"Allora siamo in anticipo?"

Dai posti davanti ai nostri arriva una voce flebile, rassegnata ma chiara, *stiamo sorvolando la Germania.*

"Perché atterriamo allora?"

32

Questa volta non risponde nessuno. Ci continuiamo a guardare incredule, ma non abbiamo il coraggio di parlarne. Le mie mani grondano, il mio cuore è aritmico. Dormivamo entrambe, siamo rintontite, impreparate ad un imprevisto, proprio come te, che non ci pensi che la vita cambia in un attimo. L'hostess s'accorge del mio stato, si avvicina, mi dice che faremo scalo a Monaco di Baviera perché in Inghilterra il vento non permette l'atterraggio.

Non mi tranquillizzo, scruto l'equipaggio, osservo i loro volti, sono tutti tranquilli, poi penso che comunque non verrebbero informati, che loro sono solo dei camerieri su un tubo volante. Il comandante interrompe il silenzio, si scusa, dovremo scendere e fare scalo, essere divisi in più aerei. Ci chiediamo tutti perché non ripartiamo con il nostro. C'è tensione adesso, nessuno parla più, aspettiamo tutti, ognuno con qualcosa ben stretta in mano. Alcuni leggono indifferenti, fanno l'enigmistica, dormono, oppure vanno al bagno. È l'ultima occasione per evacuare e godere.

Il comandante riprende a parlare. *Atterreremo a Monaco di Baviera.* Con una voce allegra dice che ci passeranno un buono pasto, che ci daranno il numero del *gate* dove dovremo avviarci. Ci informa che prima di sera saremo tutti a casa, *prima di me di certo*, aggiunge ironico. Quell'aereo torna in Grecia a fare un altro carico. Adesso parla delle condizioni meteorologiche, torna serio, dice che si tratta della nostra sicurezza, che non abbiamo altra scelta, ma che il tempo migliorerà in poche ore.

La discesa inizia, non c'è una sola nuvola, tutto fila liscio, fino ad una leggera perturbazione che mi fa sussultare il cuore. Ho una forte nausea, l'alcol della sera prima è ancora in circolo. Sembra non passare mai, ci separano solo venti minuti dalla pista, tengo lo sguardo fisso sulle ali come a volerle sostenere. *Non mi piace tutto questo,* penso.

Non avevo poi tutti i torti, a volte sentiamo che la vita sceglie per noi, ma noi non lo capiamo. Lo sentiamo, crediamo di precipitare per ragioni lontane dal vero, ed ecco che il vero ci vuole, che comprende che ha bisogno di noi per disegnare nuovi discorsi, nuove rotte, altri mondi.

Mi concentro su di me, cerco una ragione alla mia ansia; i postumi dell'alcol e la mia solitudine non mi bastano, li rifiuto, non ho il coraggio di guardare in faccia la realtà. Trovo una scusa brillante, che mi dia sollievo, che mi terrorizzi, che mi faccia comprendere. Forse precipitiamo, forse finisce così, come in un brutto sogno, qualcosa va storto, un lampo, la fine. Forse è un atterraggio d'emergenza.

L'aereo tocca terra delicatamente, frena nel frastuono, il mio corpo si rilassa di colpo, ma io ho compreso qualcosa nell'intimo, l'ho sentito nella carne; sono sola.

È quando nessuno ti caga, quando sei strana, quando non sei più tu, non lo sei mai stata, sei venuta fuori al naturale, hai la coscienza sporca, non ragioni più. Quando vieni dal freddo, ed hai però passato troppo tempo al caldo, ti sei abituata, e l'aria fresca adesso ti disturba l'umore.

Mangi in piedi; pane, olio, e aceto nero. Non ti siedi mai; per chi, con chi? Sola quando devi decidere, quando ti fai la doccia, quando curi il giardino, quando pensi a comprarti un'altra montatura per gli occhiali, una più in voga. Riesci sempre a trovare il modo di conquistarti uno sguardo, una di quelle mirate. Ma non basta a darti quello che cerchi, perché in effetti al mattino la tua stanza sa solo di te. Hai spesso un pugno in gola, dentro, ben stretto. Prendi aria lentamente, hai le braccia deboli, le mani che quasi tremano. Non respiri.

In poche ore ti rivedrò, mi sembra ancora impossibile. Sei un bell'uomo, hai un figlio, una moglie, siete una famiglia unita, di classe. Lei insegna violoncello in un college prestigioso, tu sei il corrispondente di un famoso *magazine* bretone. Vivi a Londra da nove anni, a pochi isolati dal mio quartiere da sei; alcune centinaia di metri, giusto lo spazio tra la prima e la quarta classe.

Ti sei sposato sei anni fa, lei è mezza francese mezza calabrese. Una. Figlia di un manovale. Un tizio che ha fatto fortuna in Francia e l'ha educata come fosse una futura regina. Una bella donna. Forse sono cattiva, è una gran bella donna. Un viso ovale, le labbra carnose, gli occhi allungati, quasi a mandorla. Delle sopracciglia sottili, femminili, non le tocca, sono belle come sono. Ha il bordo dell'iride scuro, l'interno verde, con alcune macchie castano chiaro attorno alla pupilla. Ha uno sguardo intenso, intelligente, a volte felino. Isterica, un po' civetta, sessualizza tutto, prende quello che vuole.

Tuo figlio ha già un muso maschio, sembra te da piccolo, ha qualcosa di tua nonna, quella viva, la madre di tua madre, quella di cui dici sempre *non morirà mai*, quella povera. Sarà di certo longevo, lui. Va a scuola, nella migliore, non ti vuoi mai sbagliare. Sei attento, poni delle domande ben precise, investighi sempre su chi gli sta attorno. Osservi tutti, non ti fidi di nessuno. Bravo, è così che devi fare, il mondo fa pena, non ha ancora imparato a respirare.

Esco dall'aereo, raggiungo il *gate* che mi hanno indicato. Il pavimento è una moquette grigia con al centro una striscia blu come corridoio, c'è odore di caffè dappertutto. Ne prendo uno, nero, lungo. Mi accomodo, e

36

aspetto che si raffreddi. Tengo in mano quel bicchiere di carta infocato avvolto in un ritaglio di cartone a fisarmonica. Di fronte a me c'è un uomo elegante che scrive in un'agenda. Ha i capelli neri, è intrappolato in un vestito scuro, un gessato con la camicia bianca e una cravatta amaranto. S'accorge di me, sente il mio sguardo, mi volto lentamente verso destra, dissimulo l'interesse, sessualizzo tutto anch'io, se ne accorge.

Sono imbarazzata, ha un bel taglio d'occhi, sono neri. Provo a sorseggiare il caffè ma è bollente, lo sai, a me piace freddo, temperatura ambiente. Faccio una smorfia di dolore, mi sono bruciata la lingua, lui intanto se la ride. Sorrido anch'io, alzo le spalle sottolineando la mia distrazione, metto una gamba a cavallo. Porto delle infradito di gomma celesti con la bandiera del Brasile, ho le unghie smaltate di lucido. Quell'uomo si alza, viene accanto a me, mi fissa, mi sento aggredita, m'infastidisce. Non ho fatto nulla in particolare per attrarlo, o forse sì.

Ha lasciato tutte le sue cose dov'erano, adesso è di fronte a me. In inglese mi chiede se sono polacca, gli rispondo di no, mi chiede se ci siamo già visti, gli rispondo che non credo. Si scusa cordialmente, dice che gli sembra strano, *solo che*, aggiunge, *hai una faccia conosciuta*.

Sorrido, sono più calma, sento che non mente, che davvero ha preso un abbaglio. Il suo inglese è neutro, non capisco da dove provenga, poi però lo osservo mentre ritorna a sedersi e mi sembra di conoscere quei modi. Adesso ne sono certa, è stato lui a mettermelo in testa.

Passano pochi secondi, si è rimesso a scrivere, gli squilla il telefono, risponde, in italiano.

"Pronto? Marco!"

Marco sei tu, non esiste nessun altro Marco, ci sei solo tu con quel nome. Inizio a sentirmi male, ho un forte giramento di testa, credo di stare per svenire, infilo due dita nella carne del collo, controllo il mio battito cardiaco, era un'extra sistole, forse un piccolo infarto, o solo uno stupido attacco di panico. Perdo l'orientamento, poi mi riprendo, lentamente.

Dice di trovarsi già al *gate*.

"Sbrigati che in venti minuti ci imbarcano."

Un altro decollo, un altro quarto d'ora di adrenalina in corpo, forse sto male per questo. Stacca il dito da quel pulsante, è inquieto, ha bisogno di lui, di quel Marco. Adesso è in piedi in mezzo al corridoio, mi dà un'occhiata, mi vede pallida, mi fa un cenno, *stai bene?,* mi chiede. Si accorge che c'è

38

qualcosa che non va. Gli dico che mi sento meglio, che è stato un attimo. Si avvicina, mi dà ancora più fastidio, mi domanda se ho bisogno di qualcosa, gli dico che non respiro bene. Capisce. Porta fuori dalla tasca una bottiglietta marrone con l'etichetta gialla, svita il tappo con il contagocce annesso. Mi dice che è un rimedio per l'ansia, *Fiori di Bach*. Lo conosco bene, lo accetto, riempie la cannuccia, la svuota sotto la mia lingua, ma ho un presentimento, che mi stia drogando. Poi sento il sapore di quella soluzione alcolica, lo riconosco. L'odore del caffè adesso è nauseabondo. Gli chiedo se può buttarlo via, lo fa.

"È stato quello. Credo d'avere solo bisogno di vomitare."

Parliamo in inglese.

"Se vuoi chiamo qualcuno?"

Gli dico di no, che preferisco aspettare che mi passi. Poi inizio a parlargli in italiano. Non lo faccio spesso, mi fa male, mi ricorda di noi, di quel tepore costante, di quell'odore d'assenzio, del puzzo del pesce seccato dal sole.
Lo ringrazio, gli faccio notare che è stato molto gentile, che gli sono grata. Si meraviglia del mio accento del sud. Mi

chiede come faccio a parlare così bene l'italiano. Ci guardiamo per un solo attimo negli occhi, comprendiamo che ci siamo visti, è proprio vero, è come dice lui, ci siamo già visti, ma non sappiamo come sia potuto accadere. È un uomo che si rade ogni giorno, profuma di sandalo, porta dei mocassini neri, ha gli occhi sinceri.

Squilla il telefono una volta ancora, risponde, ma sbaglia tasto. Una voce felice viene fuori ad alto volume, *Hey*. Parlo in lettone, nella mia mente, mi posso ascoltare solo io. Chiaramente mi dico che non può essere, che sono matta, che ti ho pensato molto mentre ero in Grecia, che è normale, che sono stata nostalgica, che è una voce metallica simile a tutte le altre. Il mediterraneo è uguale dappertutto. Ho bevuto troppo, sono ansiosa, spero sempre che accada qualcosa a mio vantaggio, la speranza si fa sogno, mi fa star bene o male, dipende da quello di cui ho bisogno.

Toglie il viva voce, adesso è quello a parlare, *sono qua, mi dovresti vedere, sono assieme ad una ragazza bionda con un vestito bianco scollato*. Lo osservo, ti somiglia nei modi, ha un forte accento del sud anche lui, sbatte le ciglia continuamente, sembra un tic, o forse semplicemente non gli piace volare.

Arrivi, con una ventiquattrore marrone scuro, un vestito nero, una camicia bianca, la cravatta nera, sei grassoccio, la barbetta bionda, i capelli ricci, rossicci. Lo abbracci, lo baci sulle guance, lui cerca di presentarci, ma non sa come mi chiamo, fa un gesto e rimane inebetito. Ti tendo la mano, ti dico *nice to meet you*, ma non ti dico il mio nome. Mi dai una mano calda, fai attenzione, stringi il giusto.

"Marco, *it's a pleasure.*"

L'altro ti dice che parlo italiano, mi guardi ancora, ti blocchi, non parli più; adesso c'è silenzio, non ci sono odori, non ci sono suoni, c'è pace. Restiamo così per dei secondi, quello s'imbarazza, ma sta a guardare. Sente, l'amore fluire. Adesso mi parli.

"Sei tu?"

"Sì."

Com'è possibile che in sei anni non ci siamo mai incontrati? Ce lo siamo chiesti un'ora dopo in un attimo disperato, poi ci siamo guardati, complici, imbarazzati, imbizzarriti da quel silenzio; ci siamo pensati solo adesso, come avremmo potuto incontrarci prima? Sei il solito, mi convinci sempre che le cose vanno così e in nessun altro modo.

"Come stai?"

"Nauseata."

Rido d'isteria, come al solito, felice. Sei diverso; dagli altri intendo. Sei vero, hai una voce rassicurante. Butti un occhio sul mio seno, fingo di coprirmi. Mi chiedi scusa, mi dici che non volevi, che lo fai di riflesso, arrossisci. Dici che forse ti stai scusando perché sono io, perché per te ero diversa, che adesso ti confondo perché non sappiamo più chi siamo. Te lo dico io chi eravamo in quell'aeroporto; sempre noi, con la stessa voglia di gioire e qualche dolore in più. Stavi parlando in lettone. Non lo hai dimenticato, lo hai coltivato, mi hai fatto sentire che ci sei, con poche parole, quasi perfettamente pronunciate. A che ti serve il lettone? Ho l'anellino di brillanti che mi hai regalato per la prima comunione non fatta, l'ho infilato al mio laccetto d'argento, le mie dita sono belle ma sono cresciute. Ci sta bene, cade giusto là. Lo hai comprato con i soldi ricevuti per quel giorno, quello dell'incontro con il Cristo. Ti hanno regalato solo soldi e penne costose. Tutti dicevano che da grande avresti fatto il notaio o al massimo l'avvocato, ma nella tua famiglia non c'erano né avvocati né notai, non sarebbe mai potuto accadere.

Come nella storia medioevale che ci faceva studiare tua madre.
Non ti accorgi dell'anello, mi hai guardato il seno pieno, sodo. Ti è piaciuto, ti sarai chiesto se è rifatto, non ce l'avevo così lo so, è il triplo, ha la forma giusta, è pronto, è mio. Diresti che sono una bella cavalla, te lo leggo scritto su quel muso virile, ma non puoi fare il "maschio" parlando di me.
Ti guardo le mani, sono belle, guastate solo da quella fede che porti all'anulare della mano destra. Ho le occhiaie, come al solito, ma oggi di più, mi scuso.
Il tuo amico rimane sempre lì, immobile, sta godendo di quel momento. È incredulo, non capisce neanche una parola, non sa che lingua parliamo, non si ricorda di nulla, sta cercando nella sua mente, ma ha sbagliato *file.*
Ho voglia di dirti che sono scappata per una settimana per via della coca, che per qualche mese ci ho dato dentro, che non credevo riuscissi a smettere. Cerco di comprendere, che tipo di ragazzo sei stato, che uomo sei divenuto, mi chiedo semplicemente se mi capiresti, se mi allontaneresti, adesso ho bisogno di tenerti vicino.
Ti metti una mano in fronte, sei emozionato, io vorrei piangere ed abbracciarti, mi sentirei una grande idiota dopo, ma ho una gran voglia di farlo.

Rimango seduta, dentro il mio jersey bianco senza bretelle, a volte me lo tiro verso le ginocchia, sono rossa per il sole, ho le gambe a cavallo, e per il resto del tempo rimango immobile, bloccata.

Non posso, devo resistere, mi passo una mano sul collo, butto uno sguardo a terra. Allento la tensione dicendo se ti va un caffè, che ho voglia di sapere chi sei, come vivi. Prenderò una camomilla. Lo faccio rassegnata, pensando che tanto si tratterà solamente di un attimo rubato a Dio.

Ridi. Sei felice, quasi non riesci a parlare, ti fletti. Io non mi sono più mossa, sono sempre ferma. Rido anch'io, mi scappa ad intermittenza, una risata bloccata. Ti do il mio profilo, voglio che mi corteggi. Vorresti toccarmi le gambe, ci ripensi, non lo fai, ma è come se l'avessi fatto, le ho sentite calde nel punto che hai guardato.

Mi dici di seguirti, distolgi lo sguardo, hai gli occhi lucidi, dissimulo d'averlo visto, cerco qualcosa nella mia borsa, ti do il tempo. Quell'altro è rimasto lì impalato, gli ho sorriso, gli ho detto che gli spiegheremo, dopo, forse. Lo guardi, ti rizzi, lo prendi per le spalle, lo strattoni, *è impossibile, dove siamo? Che succede fratello, che succede?* Lui ride, è felice, capisce che vogliamo del tempo per noi. Ci dice che farà da guardia alle nostre cose, di sbrigarci che *l'aereo non ci aspetta*, che ha bisogno della tua firma.

"Non mi abbandonare Marco."

Non lo faresti, sei puntuale e preciso. Sei tu, "Il Preciso", da sempre, per tutti. L'altro è "Lo Zio". Non lo ricordavo, è Lello, quello più intelligente. Mi chiama per nome, mi dice che sono cambiata, mi porge la mano, me la stringe, sorride, è contento di vedermi. Siete ancora insieme, che fate? Siete ricchi, questo si vede. Indossate scarpe ed orologi molto costosi.

Chiedo un espresso ed una camomilla, cerco di pagare, mi tremano le mani. Sono impacciata, come al solito, come in un libro, come in un film. Porto fuori degli oggetti dalla borsa di paglia, sono fuori luogo, ma siamo in aeroporto, tutto è concesso. Mi cade il telefono a terra, si apre in quattro. Siamo sul pavimento a raccogliere i cocci, hai preso la batteria, me la metti nel palmo della mano, mi sfiori con la punta delle dita, succede qualcosa, ci siamo toccati, ci siamo sentiti, mi hai amato, per un solo, breve, intenso istante. Poi mi hai detto che paghi tu, mi aspettavo un commento diverso, ho aggrottato le sopracciglia, ho capito che sono solo io quella che sogna. Hai rovinato tutto.

Abbiamo parlato di molte cose durante quei minuti, poche parole, tante, quelle giuste. Abbiamo dimenticato tutto quello che è successo prima, la nostra conversazione ha preso il tono formale che doveva. Ne è venuto fuori che io sono la più sfigata, quella che studia ancora, la *supervisor* di un bistro bar greco, in Inghilterra. Una che scrive tesine per universitari svogliati, che si fa le sue all'ultimo momento, che lotta ogni giorno con le sue paure, i suoi timori, e che non vuole un uomo; fisso, unico.

Mi hai chiesto dei miei, soprattutto di mio padre, non ti ho risposto, non ne ho avuto il tempo, siamo stati interrotti, poi ho preferito cambiare discorso. L'aereo porta ritardo, abbiamo ricevuto una proroga per un'altra ora assieme. Dio c'è!

Lo hai dedotto tu, sei stato delicato, mi hai detto che è una fortuna vedersi di rado con il proprio compagno, perché si ha il tempo di non perdersi di vista con se stessi. Hai capito che vedo uno solo per scopare, per sperare che si innamori di me, per mentire a me stessa in ogni momento che voglio un uomo.

Mi ha fregato con la coca, sono emozioni strane, ne divieni dipendente in poco tempo. Non te ne accorgi che hai bisogno di un tiro ogni volta, che scopare senza non ti dà più nulla. Mi sono inguaiata, lo so, ma non te lo dirò mai. Trovo solo adesso il coraggio di dirlo a me stessa, adesso che finalmente sono libera da quella fredda catena al collo. Dal giorno nel quale ti ho rivisto in Germania, ho deciso ed ho subito smesso. Ma la vita, come vedi, si burla sempre di noi.

Adesso che finalmente sentivo la pulsione senza il bisogno di un colpo d'adrenalina, tu te ne stai lì, in quel mondo parallelo, forse galleggi sul soffitto, stai a guardarmi, ad ascoltare la mia scrittura.

In quell'aeroporto hai compreso che sono sola, che alcune notti vago con delle amiche a caccia di un momento. Ma non sai che l'alcol mi aiuta a sciogliermi, che vado da lui brilla, che in quel modo trovo il coraggio di imbiancarmi le narici. Che al mattino non devo più pensarci, che dopo due giorni non è successo nulla. Ma tu senti che c'è qualcosa che mi devasta, però sei ancora quel ragazzetto dolce, fai finta di nulla, m'accetti come sono.

Dai l'impressione d'essere perfetto, non so, così mi sei sembrato. Vivi in un quartiere ricco, viaggi, sei conosciuto, sei in *business class*. A quanto pare lavori poco, ci sono degli universitari italiani che scrivono i tuoi articoli più stupidi per pochi soldi. Gli dai solo un'occhiata per correggerli, ma il grosso è fatto, un'ora e mandi tutto in redazione. Hai dei buoni fotografi, paghi anche loro. Sembra una copertura la tua, ti occupi d'altro, metti firme, non ti chiedo, non mi sembra giusto. Io invece mi trovo su quel volo per un puro caso, non me lo potrei permettere, io viaggio solo *low cost*.

Siamo a due ore di distanza. L'aereo decolla, arriva in quota e mi raggiunge, mi ritrovo, non ho più paura, ci sei tu in *business class* che mi pensi. Non ci vediamo per tutto il viaggio, non pensiamo neanche di chiedere a qualcuno di cederci il posto, lasciamo fare al destino, o come dite voi *lasciamo fare a Dio.*

Parli con Lello, sei scioccato, poi ci dormi un po' su. Mi aspetti all'uscita, vado a prendere il bagaglio, tu hai solo la valigetta. Ti dico di andare che altrimenti Marianne si preoccupa, mi dici che è abituata, che non vi vedete mai, che è un continuo scambiarsi i ruoli di quella casa. Siete due mammiferi ermafroditi. Penso che conviene anche a te; che sei il solito bastardo.

Sono curiosa adesso, di vederla, di sapere cos'è, cosa dice, chi sei veramente oggi. C'è però qualcosa che non va, un velo di tristezza traspare in alcuni momenti, un'espressione atrabile. Così ti ammali, questa bile nera ti uccide, mi chiedo se vuoi parlarmene, ma non mi permetto di dirti cosa vedo.

Lello ci saluta, ammette che ce n'è voluto per ricordarsi di me, si scusa, ma aggiunge che poi alla fine non ci siamo mai frequentati. Mi è venuta voglia di rispondergli quanto quello fosse un problema suo e dei suoi amici, che mi ricordo bene di quando facevano gli idioti con noi stranieri. Avrei voluto chiedergli se in questi anni vissuti all'estero abbia compreso cos'è un essere umano, ma poi mi ha fatto pena, perché ho notato in lui una grande insicurezza, quegli scatti sono tic, avevo capito bene. Lo risparmio, lo faccio andare via, tanto sa già tutto, ha ben capito.

Mi accompagni a casa in macchina, mi dici che sono una bella donna, mi emoziono. Poi mi chiedi come si chiama il mio ragazzo, ti dico che non ho più un uomo, mi dici che non ti tornano i conti, che avevi capito io stessi vedendo un nigeriano. Ti rispondo collerica che mi ha scaricata questa mattina, *l'ho tradito con uno slavo che mi ha fatto anche male mentre scopavamo.* Rido isterica, di nuovo, non ti piace. Tiro fuori tutti i miei denti, non s'intravede neanche uno scorcio di gengiva, sono bianchissimi, diritti, come i tuoi. Mi fissi stranito, uno sguardo geloso, volevo questo.

Adesso siamo seri, ma in pace. Il mio sorriso irrompe nel tuo inconscio, lo so, ti sposso perché adesso sono una donna che non aspetta altro di trovare l'uomo che sappia come fare a domarla. È tutto là, in quel sorriso. E tu sei l'unico che non tradirei mai, forse.

Ci scambiamo i numeri di telefono.

"Presto ti chiamo, quando saremo tutti liberi, magari facciamo una passeggiata al parco con Marianne ed il bambino."

Ti rispondo di sì, che sarei molto felice di conoscere la tua famiglia. Ti vorrei dire che sono sola, che conosco solo centinaia di estranei, che studiare non mi dà da pensare, che lavorare mi ruba da vivere, ma non lo faccio, questa bile nera sta consumando anche me. Penso che preferirei sparire anziché sapere d'averti perso per sempre, che ti avrei dato volentieri un numero sbagliato e mi sarei fatta lasciare in un quartiere diverso. Restare nel dubbio sarebbe stato meglio, non mi avrebbe danneggiato, avrei sempre potuto credere che sarebbe arrivato anche il mio giorno, fino alla fine. Ci ripensi, mi dici che vuoi aiutarmi a portare dentro la valigia.

Questa casa fa pena, è anonima, senza amore, come le persone che la vivono. I corridoi sono spogli, al piano di sotto c'è una cucina sporca, con una luce a neon, una porta che dà in una stanza a vetri con due divanetti luridi. Fuori c'è un pezzo di terra verde. Un piccolo cesso sotto le scale, uno indecente al piano di sopra. *Basterebbe poca pittura, due* tre quadretti, un paio di vasi con dei fiori finti. Una donna delle pulizie una volta alla settimana, e tutto cambierebbe, lo hai detto tu amore mio. Mi hai anche detto che sono onesta, che sono troppo buona, che a volte sono rigida come un soldato. Tutte cose nostre, momenti rubati, attimi impossibili, giorni di pace. Se avessi dovuto scegliere, vedendomi oggi su questo scrittoio, cosa avrei fatto? Ma forse lo sapevo già, mi dicevi sempre che ero una strega. Ti ho fregato, ho fatto uno dei miei incantesimi. Ti ho pescato, tu hai abboccato al mio amo ed io ho tirato la lenza. Mi hai visto fare quel gesto quando stavo scendendo dalla macchina, come di un pescatore che tira in barca il suo tonnetto, me lo hai detto con calma, con la pace nel cuore, come sempre.

"Stai pescando? Io non sono un pesce, ma posso abboccare."

Mi hai fatto tremare, avrei voluto risponderti che volevo farti vedere casa, ma sei andato via con lo sguardo, mi hai lasciata con le gambe deboli ed il petto caldo. Non ho capito, ho creduto fosse un rimprovero, che ti riferissi a tuo figlio, a tua moglie. Avevi già compreso che sarebbe stata dura. Poi però sei stato tu a dirmi *ti aiuto*.

Sì, quel gesto l'ho fatto senza pensare a loro, volevo tirarti, ma non sapevo dirlo, lo sai, non mi muovo bene, mi sento rigida, forse non ho grazia. Tu però mi hai detto che avevo una bella pelle, che i miei occhi erano luminosi, e che tutto questo era un gran buon segno. A Londra mi chiamavi angelo, non spesso, ma lo hai fatto. Dalle vostre parti non avete mai visto donne bionde con gli occhi azzurri, alte, longilinee col viso scolpito, un naso diritto, giusto.

Questa è la mia camera, il luogo dove ho iniziato la mia guerra d'indipendenza, dove ho cercato di liberarmi dalle mie catene e dalle mie paure. Sei entrato, hai sospirato, hai detto che era diversa dal resto della casa. Ti è piaciuto il bagnetto in quell'angolo, la vasca minuta, la doccia antica. *Questo bagno in camera cambia tutto.*

Hai detto che c'era tranquillità, che dietro quella quiete doveva per forza esserci stato un gran lavoro. Certo, tanto lavoro, migliaia e migliaia di ore spese al pollaio, quello nuovo, quello dei recinti aperti.

Che avrai pensato di me? Che sono una troia, superficiale, e di poco successo. Che vivo in una scatola profumata dentro un letamaio. Che non sono più quella bambina innocente e dolce.

Sei rimasto giusto il tempo di un altro caffè, poi mi hai abbracciata forte. Sei più alto di me di poco, hai delle belle spalle, un torace ampio, delle braccia forti, il viso pungente, gli occhi ambra. Un sorriso magico.

Mi metto a dormire, ne ho un gran bisogno, non ci credo ancora, ti ho rivisto, per caso, ma sei occupato, seriamente. Non respiro.

11 Novembre 2009

Sono passate molte settimane da quando ti ho scritto l'ultima volta e ti ho letto di noi. Il tempo è cambiato considerevolmente alcuni giorni fa. La temperatura si è abbassata, è più grigio del solito, ma il sole spunta sempre, e quando lo fa mi riscalda il cuore. Non ho avuto voglia di scriverti, o forse il coraggio. Mi sono fermata a pensare alla cessazione dell'esistenza, e questa cosa mi ha portato una profonda tristezza. Ho pensato spesso che non ha importanza se l'accetti la morte, lei è comunque là. Non è paura la mia, è più una strana sensazione di sconforto.

Scusa se spesso arrivo in ritardo, ma il parcheggio dell'ospedale è sempre pieno.

Ho fatto un sogno ricorrente ultimamente. Ho sognato di ricevere un regalo, una scatola bianca della grandezza di un pugno. Sento il forte desiderio d'aprirla, sono felicissima di questo regalo, ma quando ci provo mi cade dalle mani ed arriva nell'oceano. Istantaneamente mi ritrovo a sorvolare quella distesa d'acqua, e salgo così in alto che quel regalo diviene solo un puntino bianco che galleggia nell'immensità, nel blu. In quel momento é come se non avessi nessun potere, come se non potessi più tornare a prenderla, e più salgo, più la perdo di vista.

Ho cercato d'interpretare questo sogno, ci ho pensato intere settimane, e sono arrivata alla conclusione che è meglio amare e perdere ciò che si ama che non avere mai amato.

Lello ha smesso di girare per l'Europa, ha comprato quegli immobili in Inghilterra, prende l'affitto, cose che sai. Quello che non sai è che adesso vive in Sicilia, alla fine c'è tornato, che lo vedo spesso, che ha messo su una scuola calcio. Ha comprato un terreno, ha fatto la semina, ha messo un gazebo per quando fa troppo caldo, e una casetta di legno per cambiarsi e tenerci gli attrezzi. Ci porta i bambini a giocare, quelli meno fortunati. Tutto gratis, paga lui, si sente in colpa, deve espiare.

Accanto c'è un orto che cura, la spiaggia a poche centinaia di metri, quella di sabbia, quella ocre, quella che odii perché s'intrufola dappertutto. Porto tuo figlio Luca tutte le domeniche a giocare, si diverte, spesso succede che alla fine mi chiede dove sei, quando torni, non ho il coraggio, cambio discorso, non posso ancora, non lo so neanch'io.

Mi chiedo se questo mio sforzo, questa penna che scroscia matta su questi fogli vacanti, possa restituirti qualcosa, possa emozionarti. Magari te li rileggo all'infinito questi fogli maledetti, magari te li metto sul comodino. Mi sento pazza, lo sto diventando, forse lo sono sempre stata.

A te piacciono le rocce, i sassolini. *Ancora per diventare sabbia ce ne vuole, ancora per diventare polvere ne passa,* sei maledettamente attaccato alla vita, soffrire non ti spaventa, è il non vivere che ti terrorizza.

Lo sapevi che c'era lo zampino del demonio, me lo hai detto, mi hai fatto ricordare di quei volti, della sagrestia, del puzzo di urina stantia sulla pelle, di quel disgusto. Mi hai fatto sentire le stesse sensazioni, le abbiamo richiamate assieme. *Sì, me lo ricordo bene, è lui, è il demonio. L'ho sentito in questi giorni.* Ma dopo non so cosa m'è preso, non ho voluto più crederci, mi sono messa lì di profilo, a gambe scoperte, col viso docile, ammodo, ad aspettare che ricominciassimo da dove avevamo lasciato.

È tutta colpa tua. Credevo che avessi trovato il modo di parlarle di me, invece non lo hai fatto. Dopo aver imparato come sono le donne, hai ben pensato di non parlarle mai delle altre. La irrita, la infastidisce, le metti un sasso nella scarpa, non vuoi rogne. Lo so, noi donne siamo fatte così.

Hai fatto passare le settimane, hai anche avuto paura, del mio nuovo modo d'essere, di avermi rivisto, dei tuoi desideri adolescenziali incompiuti. Hai guardato vostro figlio Luca con nuovi occhi, ti ha fatto pena. Ti sei ricordato di tutto, la tua compassione nasce da lì, da un'origine che conosciamo solo noi due.

Sei andato via molto preoccupato quel primo giorno da casa mia. Sentivi la vita che ti scivolava dalle mani, che perdevi il controllo, è una cosa che non ti piace più, sei maturo, vuoi invecchiare bene, *un caffè è poco, due sono troppi, di sera mai,* soprattutto.

Mi hai sorpresa, era l'ultima mia tesina, quella più facile, quella della fine dell'università, quella che ho copiato di sana pianta perché me lo meritavo.

Hai preso una sedia, ti sei seduto tra me e quella ragazza nera con i dred. Era tempo di consegne, la biblioteca piena, tutti i computer occupati, l'aria greve, un silenzio religioso. Lei si è voltata a guardarti, l'hai deconcentrata, ti ha osservato per dei secondi. Ti ha fatto intendere che dovevi avere un buon motivo per esserti seduto lì in quel preciso istante, che hai interrotto il corso delle cose. Non l'hai degnata di uno sguardo, hai aspettato che fossi io a distogliermi totalmente dal mio viaggio; copiare è un'arte, bisogna essere accorti. Ti guardava, tu guardavi me, ed io guardavo lo schermo. Credevo fossi arrivato lì per lei, mi sono voltata per capire, ed eri tu con quegli occhi suadenti, gli stessi, di sempre. Mi hai chiesto se fossi felice di vederti, non ti ho risposto, ti ho dato la nuca, mi sono voltata a guardare fuori dalla finestra. Hai poggiato una mano sulle mie spalle, poi hai spostato il suo dorso sul mio collo. Ho piegato la testa verso di essa, ho sentito il tuo calore. Sei rimasto due, forse tre minuti. Mi hai detto che volevi solo vedermi, ti ho chiesto come hai fatto a sapere che ero lì, ma non mi hai risposto. Siamo rimasti in silenzio, quel silenzio di pace assoluta, quel nostro mondo di sempre, poi ti sei alzato, mi hai fatto gli auguri per la mia laurea, mi hai baciato da dietro sulla guancia, hai respirato la pelle del mio collo, ed il mio cuore è impazzito.

Un uomo non ci arriva, una donna vive per un momento come questo. Ti volevo tenere, non farti andare, non so dove stai di casa, non so dove lavori, ho solo il tuo numero. In questo mese non ti sei mai fatto vivo. Mi hai lasciata con il cuore aperto, euforica, carica.

L'estate è vicina, ho finito l'ultimo fardello, l'ho consegnato, sono scesa di corsa dalla scala antincendio, scappata via da quelle mura di prigionia intellettuale, ho ringraziato per tutto il sapere, non andrò neanche alla cerimonia, non mi piacciono, non ci credo, sono io, dissociata dal mondo. Cammino lungo il fiume, Londra è meravigliosa ma puzza di gas, voglio lasciarla. È una gran bella giornata, fresca, luminosa, penso a comprare qualcosa da cucinare, i miei tacchetti battono il selciato, porto quelle ballerine nere, quelle che mi hai sempre detto che ti piacciono. Quelle che all'inizio mi dilaniavo i piedi, avevo le piaghe, ma tu non lo sapevi. Non parlavi sulla via di casa mia, ascoltavi il suono legnoso di quei tacchetti, mi cercavi costantemente nel mondo, ma io ero sempre accanto a te. Tre chilometri a piedi, era tutto quello che potevi darmi.

Mi prende la voglia di un colore nuovo, a pochi isolati c'è un mega supermercato, ne immagino l'odore, ho bisogno di spendere.

Entro, il freddo m'investe, non mi guardo neanche attorno, mi interessa un solo reparto adesso, la fame m'è passata, c'è una luce intensa, artificiale, che falsa i colori. Il giallo, l'arancio, il blu, e soprattutto il bianco. Il rosso a volte; può dar fastidio, lo usano a piccole dosi. Io però lo voglio, sono rossa, nella mia testa.

Do un'occhiata alle tinture, mi soffermo sul vinaccio, l'occhio mi cade sul rosso rame, la donna della foto è chiara con gli occhi azzurri, mi appassiono al solo pensiero, la cosa mi preoccupa. Me lo chiedo, seriamente, se gli uomini stiano per divenire solo un vago ricordo.

Mi faccio tingere, Adele mi aiuta, è una parrucchiera abusiva, napoletana. Fa di tutto, basta che la paghi e non c'è storia per nessuno. Mi conviene, questo paese è troppo caro. Mi parla della sua trippa, ha preso venti chili in cinque anni, ride sempre, per ogni cosa. Il suo compagno l'ha lasciata con una figlia di due giorni ed è scappato in Messico con un'altra. Spiccia mi racconta che si vede con un uomo un po' effeminato, anzi, *gay, ma va anche con le donne.* Non sa di cosa parla. È una mia fantasia erotica, fare sesso con un bisessuale, non gliene parlo, noi donne siamo così.

"Almeno se mi lascia non lo fa per un'altra. Ma non mi lascia vedrai. Gli darò un figlio, e

60

lui sarà felice così. Forse mi tradirà, ma non andrebbe mai via. I ricchioni sanno cosa significa non essere amati."

Non sono l'unica pazza, tutto attorno è un mondo seriamente folle, di gente che a stento riesce a respirare.

Ha una poltrona di un vecchio zio barbiere che è morto subito dopo essersi raso per l'ultima volta. S'è messo a dormire sul divanetto del negozio e non si è più svegliato, *come se lo avesse saputo,* dice ogni volta subito prima di posizionare la vaschetta nera dietro la mia testa. Quella l'ha comprata qua, con il tubo per la doccia incorporato, le è costata più di quanto ha dovuto sborsare per farsi portare la poltrona con un carico di pomodori dalla sua terra.

Mi parla sempre di un camionista, lo massaggia una volta al mese, ad ogni carico, e lui la ricambia con *import-export.* Ogni anno si fa le bottiglie di pomodori, è abbronzata di sole, e parla napoletano quasi con tutti, anche con una lettone, in Inghilterra.

"E che c'è di strano?"

I napoletani sono così, magnifici, imprevedibili, brillanti, e ladri con i fessi. Vende DVD, roba firmata, a volte mi fa recapitare una sfogliatella alla ricotta. Mi ricorda i cannoli, la mangio e provo una gran nostalgia. La sicurezza sociale le ha dato una casa popolare, le pagano parte dell'affitto, le danno del denaro e dei buoni per il latte. Affitta la camera della bambina agli studenti occasionali, quelli che vengono due settimane per l'inglese e vanno via che hanno buttato tremila sterline nel cesso. Fa da estetista a tutte le italiane che conosce, con poco ti rimette a nuovo. Si sta pagando un mutuo a Napoli, per andare a morire là, *alla faccia di chi non vuole*. Dice che deve lasciare qualcosa a sua figlia, che se non ci pensa lei adesso, *chi ci pensa dopo?* Le sembra giusto, ma di vero c'è che ha una gran rabbia in corpo, che così la dissipa.

Mi accomodo sulla sua sedia da taglio, chiudo gli occhi, mi prende delicatamente il capo, cauta lo poggia verso destra, mi toglie i capelli dal collo, ho una camicetta bianca, il reggiseno nero, la pelle latte, pochi nei, sono liscia, una leggerissima peluria bionda sulle braccia. Adesso sono in trance, lei lo sa, non parla più, non sento neanche il suo respiro, lo trattiene. Un alito di vento entra dalla finestrella rotonda di quella mansardina tutta in legno, mi soffia le gambe, *l'ha ricavata lui dal sotto tetto*.

"Chi?"

"Il camionista."

Quel vento è tiepido. Mi rincuora, mi riporta indietro. Ho in mente il rosso di quel tramonto.

Sono là con te, siamo dei ragazzini felici, nonostante tutto. Il sole si poggia all'orizzonte, lo fa aranciando tutto il cielo, la luna ci sbuca alle spalle e noi ci tocchiamo con i piedi rannicchiati su uno scoglio della nostra baia deserta. Mio padre mi starà già cercando, crede io sia nei paraggi della chiesa.

Abbiamo rubato quel Sì rosso, siamo scappati verso il promontorio, lo abbiamo nascosto tra le erbacce e siamo scesi di corsa al mare. Risalire sarà faticoso, ma volevamo vedere il tramonto assieme, per la prima volta. L'estate è vicina, l'erba è alta e già tutta secca. L'andamento celere e confuso degli insetti m'infastidisce, si sente un cavallo nitrire, il canto delle cicale mi fa star bene, il suono dei sassi rigirati dalle onde m'invoglia a tuffarmi.

Sembri un adulto, hai solo tredici anni, *quasi quattordici* dici sempre. Hai la lanugine a chiazze, presto ti raderai, ti masturbi da tempo, da quando ho appoggiato su di te la mia coscia. Te l'ho massaggiato lentamente per un po', poi me l'hai stretta forte, *smettila,* ma ormai era troppo tardi, già contraevi i glutei e inarcando la schiena tremavi in compulsione con gli occhi rivoltati.

L'ho imparato dai futuri preti che se strofini un uomo lentamente con la carne tenera egli proverà un forte piacere alle palle ed in compimento, finalmente, verrà. Hai portato delle mandorle, quelle che abbiamo raccolto la domenica nel giardino di casa tua, sono dolci, come te. Mi baci le mani, dici che sono stupende, con quel vocione che ti cambia ogni giorno. Hai pochissimi brufoli, hai iniziato troppo presto a sfogare. Molti dei tuoi amici hanno vergogna dei loro petti a punta di peretta, mastite puberale, tu non l'hai mai avuta. Stai spesso a torso nudo, non so se questa cosa è buona, forse per adesso lo è, ma dopo come sarai? Il mio invece è un seno che viene su, me lo sento esplodere ogni giorno che passa, ho il viso malizioso, i capelli sciolti, ma solo con te.

Il sole è calato, sentiamo la paura, non abbiamo più tempo, ci staranno già cercando. Ci scapicolliamo tra i sassi enormi, ridendo raggiungiamo i sassolini, corriamo sempre più forte, mano nella mano.

Mi fermi, mi paralizzi, abbiamo il fiatone, mi guardi la bocca, mi prendi il viso, e per la prima volta mi baci come un uomo. Allarghi le mie labbra con le tue, le inumidisci, mi entri dentro con la tua lingua morbida, accarezzi la mia. Mi brucia la pancia, mi alzo sulle punte, è proprio come l'ho sempre sognato. Il tuo pene si riempie di sangue, lo sento sull'ombelico, m'infastidisce, ti blocco. Sento lo schifo invadermi l'anima, acqua e olio non si mescolano. Voglio entrambe le cose da te, solo da te, ma non si mescolano, neanche se li agiti.

"C'è cosa? Che c'è, non ti piaccio più?"

Hai un forte accento, sei troppo siculo, mi piaci, ti voglio come marito, ma io non parlo delle mie emozioni, non lo so più fare, non ho la forza. Prima è stato diverso, prima era amore, prima ero io a dirigere il tutto, adesso non so cos'era. Per un attimo mi hai portata in paradiso, mi hai fatto sentire quanto mi vuoi. Quelle altre volte invece, sul divano di casa tua, quando tua madre andava a fare compere, lo abbiamo fatto per gioco, fingendo di lottare. Finiva sempre con me che vincevo, tu che facevi finta d'esser morto e la mia gamba che lentamente ti fregava il pene.
Ti guardavo, mi sentivo donna, mi sentivo bruciare il viso, stringevo le natiche e provavo piacere assieme a te. Adesso sei pronto per usarmi, per masturbarti con la mia carne. Mi hanno rovinata, lo so.

Arriviamo in chiesa, mi fai scendere, scappo senza neanche salutarti. Poggi il motorino al muro sperando non ti veda nessuno, corri verso casa. Non lo verrà mai a sapere che glielo rubiamo, si è rinchiuso in un convento per prendere i voti, ha lasciato il motorino a Fra Vincenzo perché lo usi per fare la spesa. Mi hai convinto che possiamo farlo, che *tanto quel frate si fa sempre i cazzi suoi.*

Non lo racconterai ai tuoi amici che mi hai baciata, molti di loro non si masturbano neanche. Non lo sa nessuno che ti tocco da quando avevi dodici anni, nessuno potrebbe mai immaginare che da allora vieni sotto le mie cosce, e tu speri che in fondo non lo sappia neanch'io. Sono stata io ad usarti, sono stata io a decidere, ora invece tu mi prendi per i capelli e ti porti via la testa, la spingi, tra le tue labbra, mi possiedi, m'intimorisci.

Non hai più paura del sesso. Peccare ora ti dà piacere, lo hai imparato tra la messa delle cinque e quella delle sette, scampanando, sistemando le tuniche, riempiendo le ampolle, scartando l'incenso, rubando le ostie; il corpo di Cristo.

Ci hai messo degli anni a mettermi una lingua in bocca. Il tempo giusto per comprendere, per completare questo puzzle. Abbiamo visto le stesse cose, abbiamo fatto le stesse scoperte, ci porta dolore, non ne parliamo, mai.

Ti ho aspettato, ci siamo fidati, ci siamo stretti tante volte fingendo l'uno all'altra di dormire, di non essere presenti, di non volerlo. Ci siamo chiesti cos'era quel senso di pace che si creava al sabato, di pomeriggio, finiti i compiti. Era quasi sera, l'indomani alle dieci si andava a messa, una volta ancora.

Certe cose s'imparano. Guardi un film carnale, sfogli un fumetto erotico, ti tocchi, di riflesso. Non abbiamo avuto il tempo, non ce l'hanno dato, tu eri la mia diapositiva proibita, ed io ero la tua donna lentigginosa dagli occhi semi chiusi ed il labbro tra i denti.

Sono stati bravi, hanno smesso giusto quando i nostri corpi cambiavano, quando il piacere sarebbe esploso in un orgasmo, quando la mente ci ha ingannato facendoci pensare che alla fine gli dovevamo qualcosa, un ringraziamento, un perdono. Hanno aspettato il momento esatto, pensando che tutto sarebbe stato rimosso, ne abbiamo approfittato, abbiamo usato quei ricordi per noi due, ci siamo dati piacere, ci siamo inondati d'amore, ma siamo rimasti nel dubbio più atroce. Non sappiamo cos'è giusto e cos'è sbagliato.

Adesso temi che per me significhi che stiamo assieme, che dovremo passeggiare mano nella mano sul lungomare. Hai paura di non poterti più liberare, che i tuoi amici ti prendano in giro. Ma domani questo timore si trasformerà in una profonda mestizia.

Mio padre mi chiede dov'ero, gli dico la verità, gli scappa un sorriso, ma poi mi chiede di smettere, è serio, mi fa male, so che ti perdo. L'indomani è ai cancelli della scuola ad aspettarti. La campanella suona, esci correndo, hai fame di pasta. Lo vedi, sei una testa che viene fuori in mezzo ad una folla di nanetti. Rallenti il passo, ma lui ti sta già guardando facendoti cenno, ti sorride, ti senti sicuro, così lo affronti.

"Volevo solo sapere se era con te."

"Sì, era con me."

Si mette le mani in tasca, è preoccupato, mi ha vista strana in questi ultimi tempi. Sarà per il sangue che m'invade ad ogni giro di luna, sarà perché ho scoperto malamente delle cose che oggi comprendo avevano bisogno d'innocenza, ma lui sa che qualcosa non va.

Ti chiede se c'è qualche problema, tu rispondi serio che ci vogliamo solo bene. Ti accarezza il capo, ti guarda di nuovo negli occhi e ti chiede se vuoi dirgli qualcosa. Rispondi di no, che deve stare tranquillo, che tu sei un ragazzo serio e che mi vuoi bene veramente. Cose d'altri tempi, cose sicule. Cose che i tuoi figli forse non sapranno neanche che sono esistite.

Ti anticipa il futuro, ti chiede di fare quattro passi, accetti. *Conosci l'Unione Sovietica?*

Rispondi che è bagnata dal Baltico e dal Pacifico, che hai studiato solo la parte europea, che sai che è pianeggiante e che *poi ci sono gli Urali che la dividono dalla parte asiatica.* Che è una grande potenza militare ed economica. Che in Russia c'è il comunismo, che lavorano tutti, e che tutti hanno una casa, da mangiare, e che le medicine non si pagano, che nessuno deve rubare per vivere.

Ride di buon gusto, anche tu. Poi dici che è vero, che lo sai perché lo hai studiato. Ti dice che hai ragione, ma ti racconta che noi siamo lettoni, e te lo dice in lettone, sa che tu capisci.

Alzi il capo, lo guardi in viso, vedi che per lui è importante. Ti anticipa che presto saremo indipendenti, che il mondo sta cambiando, che andremo via e non torneremo più. Che apparteniamo ad un popolo molto diverso dal vostro, che *noi non siamo di qua,* che questo è solo un momento, che passerà.

Ti racconta di Stalin, della sua personalità paranoica e della sua mancanza di umanità. Ti parla del suo piano per accelerare l'industrializzazione dell'Unione Sovietica, ti dice che per realizzare questo progetto aveva bisogno di una cosa in abbondanza, poi ti guarda e ti chiede se sai di cosa ti stia parlando. Rispondi di no.

Fai una smorfia delle tue, poi guardi il mare, sei già annoiato, ti chiedi se è mai possibile che per allontanarti da me debba farti certi discorsi sotto quei balconi decadenti. Tua madre ti dice sempre di passare lontano da quei palazzi antichi, che prima o poi i calcinacci ammazzeranno qualcuno. Ma tu lo ascolti, lì fermo, per educazione.

"Sai di cosa aveva bisogno Stalin per portare avanti la sua idea?"

"Di tanti uomini."

"No. Aveva bisogno del cibo per sfamarli!"

Ti dice che Stalin diede inizio alla collettivizzazione forzata dell'agricoltura. Che si trattava di far cessare l'agricoltura dei privati perché credeva non fosse sufficiente a sfamare l'intero paese. Che sradicò i metodi convenzionali di fare agricoltura a favore della collettivizzazione e dei *kolhozes*, e che nei paesi baltici in molti cercarono di ribellarsi.

"Il cibo quindi apparteneva allo stato che lo ridistribuiva a piacer suo. Moltissimi sono morti di fame."

"E non avete fatto niente contro questo pezzo di fango?"

Ride per la tua smorfia di schifo, ti dice che chi si opponeva a Stalin veniva perseguitato, e che spesso non vi era una vera ragione per essere deportato in Siberia ed essere reso schiavo. Ti parla del Marzo del 1949, dell'operazione Priboi. Ti dice che gruppi interi di lettoni, lituani ed estoni furono deportati nel nord della Russia; *attivisti politici, soldati, contadini, studenti ed una grande percentuale di donne e bambini di tutte le età. Chi di questi non lavorava, non mangiava.*
Solo in Lettonia durante il periodo dell'occupazione sovietica più di trecentomila persone sono state deportate e perseguitate e più di centotrentamila non hanno mai fatto ritorno. Ti dice che più di cinque milioni di persone sono state uccise durante quel periodo nel territorio sovietico. Tutto per sterminare il potenziale ideologico opponente e incrementare la sovietizzazione del territorio.
È duro, ti fa male. È la prima volta che prendi un pugno allo stomaco così forte dal mondo, quello vero, quello che non conosci, quello di cui hai provato solo un piccolo assaggio.

Guardi un manifesto elettorale, sai che a casa tua sono tutti comunisti e socialisti, che altrimenti sei mafioso. Provi a credere che mio padre sia un po' pazzo, un po' fanatico. Ma si vede in viso che sei confuso, che sai che quello che ti ha detto è vero. *La svastica no, falce e martello sì?* Te lo ripete più volte, non lo dimenticherai mai più.

Non accetti che il fatto che io possa avere bisogno di una cittadinanza, di un'educazione, che siamo rimasti indietro, che dalle mie parti si spara, si lotta per la libertà. Che da voi tutto rimane com'è, che la mafia esiste, che non te ne fotte niente, che ti curerai solo del tuo orto, e che alla fine, forse, le cose da voi andranno sempre così, ma un piatto di pasta non ve lo negherà mai nessuno.

Lui è un rifugiato politico, a dire il vero un profugo che si nasconde perché teme di essere rispedito a casa, uno che conosce tante cose. Alcune sono menzogne per sciocchi come lui, altre sono cose vere, ma di queste neanche lui ne è completamente sicuro. Vai via turbato, ma ti è piaciuto quell'uomo baffuto con le mani da contadino. Hai sentito il senso della vita, l'amore verso la prole, il dovere di protezione. Hai percepito che ci sono nuovi pensieri, nuovi mondi, che vuoi sporgerti, vedere il panorama.

Non lo sai ancora, ma dovrete andarvene anche voi. Della tua classe al liceo e della squadra di calcio quattro moriranno, due rimarranno a lottare, altri due sono ricchi, e tutti gli altri emigreranno. In maniera più civile, in maniera democratica, ma *se non è zuppa è pan bagnato.*

Adele mi soffia in un orecchio, bisbiglia d'aver finito, apro gli occhi. Sono rossa, con gli occhi azzurri e la carne bianca, lentigginosa.

Adesso vorrei domandarle se conosce Marianne, se le ha tagliato mai i capelli, se l'ha depilata. Voglio sapere com'è in viso, com'è il suo corpo. Vorrei chiederle se le ha parlato della sua vita, dei suoi timori, dei suoi vizi, se ne ha, se è debole come me.

Mi vede titubante, mi chiede se mi piace il colore, le rispondo che lo amo già. Faccio per alzarmi, mi do un'occhiata da vicino, apro bene gli occhi, tiro giù la camicetta, mi guardo di profilo.

Mi mandi un messaggio, prendo il telefono mentre lei mi osserva. Mi hai scritto che ero bella quel giorno in biblioteca, che fate un barbecue domani nella casa in campagna, che sono invitata, che vuoi farmi conoscere la tua famiglia. Le hai parlato di me, ce n'è voluto. Ma cosa le hai detto? Che penserà di me? Si chiederà chi sono. Guardo il telefono, penso che non sono nessuno, non ti rispondo, non ne ho la forza.

16 Novembre 2009

Piove da ieri mattina, ci sono state alcune frane nelle strade collinari, è arrivata una telefonata dei vigili urbani per quel tuo terreno sulla panoramica. Risolverà tutto Lello assieme a tua sorella, lo sai, la burocrazia non è il mio forte. Ci vorrà la mia firma considerando che tu non puoi decidere, visto che non vuoi proprio muoverti.

Inizio ad odiarti, mi hai fatto venire fin qua per lasciarmi marcire su questo scrittoio. Sì è vero, non mi manca nulla e non mancherà nulla ai tuoi figli, ma la cosa essenziale, quella nostra, quello che ci siamo sussurrati, dov'è?

C'è qualcosa di atroce in tutto questo, non credi? Ti sogno quasi tutte le notti, compresa quella appena passata. Quando mi sveglio mi chiedo sempre se sia stato tutto vero, se abbiamo parlato, se ti ho visto veramente camminare tra queste mura. Ci metto del tempo, il tempo di tornare a vivere le prime ore del giorno, a fare la badante di questa casa, l'inserviente dei tuoi figli.

Non mi fraintendere, faccio tutto con amore, ma la mattina è il momento peggiore, a volte il più triste, o perlomeno quello durante il quale la malinconia può recare il danno maggiore.

Di notte, dicevo, mi sento piangere mentre dormo. È un momento crudele, perché il mio pianto vuole venir fuori, ma l'ombra lo trattiene. Voglio esplodere, liberarmi, è tutto in gola, poi però il giorno ha sempre bisogno della mia forza.

Sono tornata da scuola da poco, il tempo di quattro chiacchiere al telefono, sembra tutto sia risolvibile, non c'è responsabilità. La strada sulla quale si è versata la frana è stata costruita senza tener conto di una possibilità del genere, è parte del terreno che vi hanno espropriato.

Che il marito di tua sorella sia un buon avvocato è un gran bene.

Mi sono messa a sedere qua, al mio solito. Dovrei fare la spesa, farmi trovare pronta per la cena di stasera. Ho invitato Lello. Gli ho detto di far venire il Figo, non lo vedo dal giorno del funerale di tua madre. Vorrei ringraziarlo per aver distratto i bambini, non ne ho avuto né il tempo, né la voglia.

Sono stanca di questo déjà vu, mi sveglio tutti i giorni alla stessa ora, accendo la radio, ascolto le notizie mentre preparo la caffettiera. Solo dopo questo rituale riesco a sedermi sul cesso, vi rimango ipnotizzata fino a quando non sento che il caffè mi sta sporcando tutta la cucina. È come se tu non esistessi più, come se parte di me stesse iniziando a farci l'abitudine. Per non soffrire troppo, per non illudermi più del dovuto.

Mi sblocco, e quando verso il caffè nella tazza Luca è già là che implora per la sua colazione. Non mi guarda neanche, vuole solo che lo serva mentre lui guarda i cartoni. Lo faccio volentieri, intanto il caffè si raffredda, lo sai, odio il caffè caldo.

Oggi di diverso v'è stato che dopo aver lavato il più piccolino e fatto lavare Luca, dopo averli vestiti entrambi, li ho accompagnati con la macchina. Fuori è ancora il diluvio, non smetterà.

Al mio ritorno ascoltavo la pioggia sbattere sulla lamiera, ce l'avevo sul parabrezza abbondante, mentre i tergicristalli cercavano affannosamente di eliminarla. Ma lei tornava prepotentemente, e più forte di prima occludeva la visuale della strada che avevo di fronte, mi opprimeva. Esattamente, proprio come ha saputo ben fare la mia vita.

Così ho sentito il solito impulso, il bisogno di ricordare ancora, di raccontarti, ma ero triste, stanca. Ho parcheggiato, ho fatto una corsa verso il portone, sono salita su per le scale correndo, e sono entrata nella stanza degli addii.

Ero ancora gocciolante quando ho aperto il cassetto e tirato fuori la foto di mia madre. L'ho fatto per rincuorarmi, per avere almeno un punto saldo a mio favore. La sento spesso, la vedo poco, la amo di più. L'ho abbandonata, come hanno fatto mio fratello e mio padre d'altronde. Adesso è sola, anzi, ha un uomo, uno che però casa nostra non sa come sia fatta. Dice che così è meglio, che dopo essersi pulita si alza e va via, che quando ritorna a casa e chiude la porta si sente bene.

Sono scappata da lei, dalla Lettonia, le ha dato coraggio, è rinata, è ringiovanita. Ricordo il giorno della mia partenza...

Piange mia madre, è seduta di fronte alla finestra, fuori è un freddo gelido, come il giorno nel quale sono nata. Sto lasciando casa per la prima volta, vado a Londra, in un paese libero. Un tossico sfreccia per la strada con la sua bici, ha l'ansia di chi va a comprare una dose. Lei lo guarda dalla finestra, gli fa pena; spende la sua vita a prendersi le pene degli altri. Si sente vinta, infatti ha perso tutto.

Mio padre sarà già ubriaco, fotterà con una delle sue donnacce, userà le sue sigarette per calmare quell'ansietà sdegnante che regna nel suo cuore subito dopo che il suo cazzo si sarà raggrinzito. Ci vuole forza per vivere, ci vuole contegno per amare, ci vuole pietà per non bloccare i tuoi figli, per non togliergli la gioia, per non portagli via la pace.

Tocco mio fratello, dorme ancora. È un bel ragazzo, ha una bella fidanzata, si sposeranno, avranno dei figli e saranno felici. Io invece sono sola, nessuno mi nota, perché non lo voglio. Mi vesto male, ho la rabbia dentro, ho il viso contratto, il mento che trema, la gola piena di odio.

Verso lacrime tristi, bastarde, lacrime di speranza. Spero di ritrovare un'anima fraterna, che possa sedare le mie pene, che possa riempire questo vuoto, che mi possa capire, che mi possa accarezzare senza allargare i confini di questo vuoto eterno.

Di te non mi ricordo più, ho quasi paura di farlo. Ho timore di sentirmi dire che *acqua passata non macina più*.

Stringo il biglietto nella mia mano, lascio cadere il passaporto, mi accascio. Ho un dolore allo sterno, sento la nausea salire, il sentimento avvelenarmi. Adesso non piango più, adesso ho voglia di correre, di sbattere quella porta, di scappare via dalla vita, ma non ce la faccio, ho troppa pena nel cuore.

La mia nonnina raggiunge la mia mente. È un attimo di storia, un sentimento d'appartenenza, un istante pieno di rabbia. Sua madre l'ha nascosta dai russi dentro un cassetto, era l'unica che ci entrava. Gli hanno portato via il padre ed il fratello maggiore. Gli hanno lasciato i corpi della madre e delle tre sorelline in giardino. Ci pianta i fiori più belli sopra, non ci fa caso nessuno durante i barbecue estivi. Lei non ne ha mai parlato con noi nipoti, ma la scorsa settimana è morto un amico, un bastardo, figlio di un pastore tedesco e di padre ignoto. Mentre seppellivamo quel cane nudo nella terra fredda ho sentito il suo dolore. Lei è rimasta sola, per sempre sola, con i suoi scheletri in casa. Eppure riesce sempre a sorriderci innamorata di noi.

Ho bisogno di volare lontano, di inondarmi di nuovi odori, di sapori, di credo, di sogni. Mio fratello si alza, si avvicina, si genuflette e mi guarda diritto negli occhi. Mi prende per il mento, mi costringe a guardare il suo dolore, mi prega di non andare. Porgo lo sguardo verso la finestra con forza estrema, sento il collo tremare, la sua mano soffrire, osservo quel cielo cenerognolo, vedo quell'aria gelida, mi sento schifata da quell'assenza di luce.

Devo andare. Mi stacco da lui alzandomi di scatto, infastidita. Abbraccio mia madre che cade in un profondo pianto.

Lamentandosi mi chiede perdono, ma ormai è tardi perché non ho neanche la forza di condannarla. Penso che sarebbe stato meglio rimanere a raccogliere patate, che usare le mani fa bene al cuore, che farsi accarezzare dal sole unisce, che dire *amore* o *gioia* illude, ma si deve fare. Sarebbe bastato continuare a raccogliere un fiore ogni giorno alla fine del raccolto, metterlo in un vaso, piegare quei vestiti usati, ringraziare per il pane, ma poi mi sento impazzire perché non so nulla, perché nessuno mi ha spiegato, perché sono solo una ventiduenne confusa che non sa cos'è la vita. Ho paura, una grande paura, so d'essere un pollo che scappa per fame, come tutti gli altri polli d'altronde. So d'avere sete di libertà, sarò una clandestina in cerca d'oro, ma non per molto. Apriranno i recinti, ci faranno entrare nelle loro terre, hanno bisogno di nuovo concime, di polli che mangino tutto quello che a loro non piace. Ci hanno tenuto a bada, presto ci prometteranno un'illusione, perlomeno avremo qualcosa a cui aggrapparci, lo sanno che noi amiamo sognare.

Mi piace scriverti così, alla mia maniera, come rivivo le cose, come le sento, come la mia follia mi suggerisce. Sono matta, ti leggerò queste pagine, ti dirò che ti aspetteranno sul comodino, te le farò entrare nel cuore e tu non potrai far altro che affrettarti a tornare a casa con la voglia di prenderle in mano e leggerle con coscienza. Per capire, per domandarti se non si stesse trattando solo di un sogno da coma.

Se solo potessi entrare, se solo potessi attraversare quella vetrata e baciarti. Una sola volta, una misera sola volta basterebbe, per farti aprire quei meravigliosi occhi, scatenare uno dei tuoi magici sorrisi. Ma per ora tu dormi, ed io devo fare come te; sognare che ci sei. Se non lo faccio quest'ansia mi uccide, se non lo faccio non ti svegli, se non lo faccio non respiri.

17 Novembre 2009

La scorsa notte un vento freddo ha soffiato forte, sembra essere arrivato il momento di tenere le finestre chiuse, finalmente. Sbatteva tutto. All'inizio non volevo alzarmi, lo sai, quando sono a letto collasso, per tornare viva ci metto del tempo. I pescatori erano sul lungomare, sono tutti usciti dalle loro case per paura di perdere ogni cosa. Lello e il Figo mi avevano detto che era previsto un repentino calo delle temperature anche al sud, ma poi abbiamo tutti e tre bevuto, ricordato di te, e quando sono andati via credevo fosse ancora estate.

Dal balcone ho visto le palme piegarsi, la pioggerella che inseguiva se stessa nella luce arancione dei lampioni. Non sentivo né freddo né caldo, tu avresti detto che era gelido. Le onde sbattevano nella banchina violente, ma le barche hanno resistito tutte.

Mentre guardavo quella scena mi sono resa conto che con il tempo la mia tristezza stava cambiando forma. Ho messo una mano in tasca, ho preso la bottiglietta di ansiolitici che porto sempre con me, non li ho mai presi, non ve n'è stato bisogno, ho voluto combattere da sola. Non è mai conveniente prendere delle droghe se non è necessario, non è mai conveniente uccidere il dolore. Lo devo scoprire questo dolore, sentirlo nella carne, mi renderà più forte.

Questa mattina il mare è calmo ed il sole è timido. È vero, la temperatura è scesa considerevolmente. Abbiamo fatto tutti la stessa cosa, abbiamo finalmente svuotato gli armadi e fatto il cambio di stagione mentre gli spazzini numerosi ripulivano le strade. Amo il sole d'inverno, come amo la pioggia d'estate.

Luca è a scuola mentre Erick va già al nido, sono dei bravi bambini, anche se Luca mi preoccupa. Soffre la mancanza del padre, è un po' aggressivo, a volte deconcentrato, ma non importa tanto lo so che presto ti svegli, che te li metto tutti e due a letto con te, che ci farai la lotta quando sarà ora di dormire, che ti dirò che sei il solito, che non è l'orario giusto, che a quel modo li ecciti e tarderanno ad addormentarsi.

Mi dicevi sempre che volevi chc Luca giocasse a rugby. Non mi dispiace, questo no. Ma la squadra di rugby più vicina è a trenta chilometri. In Inghilterra da sola non torno amore mio, lo so che i tuoi progetti erano quelli, ma se hai proprio voglia di realizzarli, se adesso, mentre ti leggo queste righe, ti senti lo stomaco bruciare, allora alzati e cammina.

Voglio ricordarmi di quel momento, voglio farlo adesso, ed oggi stesso da te. Mi metterò a sedere, chiederò all'infermiera di lasciarci soli, e come al solito alzerò la cornetta e ti leggerò le nostre nuove pagine dall'altro lato della vetrata. Spero in una lacrima, una piccola goccia di occhio, per capire che ci sei.

Forse ti commuovi, forse fai di tutto per non farmi vedere che stai piangendo, forse la mia è solamente una speranza, il modo migliore di vivere questa stramba faccenda. La voglio rivivere con te, prima che tu vada via, prima che mi lasci senza avermi sorriso magicamente per l'ultima volta.

Ti racconto ancora, ti leggo ancora, ascolta amor mio, ti prego, ascolta ancora un po'...

Oggi che la voglia di fottere la chiamano chimica, in realtà quello che accade è che il tuo sangue sta riempiendo celermente i tuoi genitali. Non hai bisogno di manipolare la mia coscienza per aprire le mie gambe, le mie pupille sono spalancate. Non è necessario spalmare delle parole come burro in una tostata tiepida, mettergli sopra una marmellata di prugne, e poi ingurgitarla. Ora te l'ho fatto capire io che questo è il momento propizio, quello giusto pcr mcttcrmi una mano sul ventre, il momento per fregarla, per strapparti dalle sue braccia.

Siamo finiti sul mio letto dopo che ti ho costretto a prendere un caffè in quel bar. Sì csatto, è quel giorno in cui ti ho chiesto di dirmi chi cacchio cri o altrimcnti sparivo per sempre.

Carezzi i miei fianchi, mi baci il collo, ne risento, veramente. Non mi hai detto nulla di te, non importa, ti sto portando via con me, non resisti. Mi sbottoni la minigonna con uno schiocco di dita, abbassi la cerniera, tiro la pancia in dentro, allargo le gambe, fai scivolare la mano nella vulva, l'hai presa, ho tirato il mento in su, ho stretto i denti, odorato il tuo collo, sputato aria.

Ci mordiamo le labbra vicendevolmente.
Penso ai miei bei peli chiari, ne ho nostalgia,
mi chiedo se non servano a qualcosa, so che
mi irriterò. Noi siamo così, il tanga è
comodo, i tacchi fanno bene alla schiena, e la
passera rasa cos'è?
Me la palpi, me la pizzichi, poi me la
stringi. Poggi la testa sul mio seno e rimani
così, con il palmo sul mio monte, le quattro
dita esterne che affondano nella carne delle
grandi labbra, lisce, morbide, per farti capire;
è solo uno dei tanti segnali. Il tuo dito di
mezzo che aspetta, che mantiene la piega sul
pezzo di carne più delicato, poggiato senza
peso. Sa aspettare.
Mi torna in mente lei, che ho finto, che
sono una falsa, spudoratamente. *Marco dice
che ti piace il caffè freddo.* Amo aspettare che
si raffreddi.

"Ne ho una bottiglietta in frigo, anche a
Marco piace freddo."

*No! È proprio il rituale che mi porta a
berlo freddo. Fallo come fai sempre poi io
aspetto,* che il male si depositi nel fondo ed il
fuoco si dissipi in aria.
Mi guarda, con un'aria compiaciuta, ma ha
paura di me, comprende che so aspettare, non
corro, sono lenta.
*Il tuo italiano è ancora molto buono,
meglio del mio di certo,* dice. Abbiamo

entrambe l'accento forte del nostro paese, ma parliamo molto bene l'italiano.

"Marco mi ha parlato di te, mi ha raccontato che eravate compagni di dopo scuola e di catechismo."

"Sì, bei tempi quelli, se non fosse stato per la democrazia..."

Sono ironica, alla mia maniera, sorrido a piedi nudi, macchiati dal blu di quelle ballerine gialle, quelle canarino, quelle con la suola di gomma nera, comoda.

Avrei dovuto pensare ad averti finalmente. Eri lì, nel mio letto. Ti ho desiderato durante quelle settimane, ed invece mi sono sentita in colpa per loro, per lei. A te sembra non fregartene nulla, di tuo figlio, di tua moglie. Quel giorno non portavi neanche la fede. Però hai aspettato, hai capito che non ero pronta, sei rimasto com'eri; dolce.
Voglio credere che lo fai perché mi ami, non per mettermi a quattro zampe nel momento più opportuno. Ti ho fatto venire qui, ho creduto di farlo per altri motivi che per provare a sedurti. Ed adesso che tu ne hai voglia a me è passata la fantasia. Non so più di chi fidarmi, non mi sono mai fidata, ma da te, da te non mi aspettavo tutto questo. Voglio

sapere cosa è successo, che cosa è questa storia di questa donna lettone che hai visto, me ne ha parlato tua moglie, durante quel caffè.

Alzi il capo, mi guardi, mi baci a mezze labbra, *non ti ho pensata più*, mi dici, *mi portava dolore. Ho aspettato una lettera, una telefonata, ma nulla, così ti ho messa da parte.* Questo discorso lo faremo più avanti, perché mi sta proprio a cuore. Ma prima voglio capire di più, quindi non ti rispondo e continuo a pensare a lei. Mi viene in mente tutto, capisci che non te la do, ti accovacci.

Marianne è una donna romantica, a casa vostra in città ci sono molti oggetti che ti fanno sospirare. Le piacciono le cose antiche, ben tenute, ama il bianco, quella vernice neutrale.

Mi fa delle domande, investiga, sono ben precise, hanno delle date, vuole sapere cosa faccio a Natale, le interessa il Natale. Mi chiede se torno a casa in quel periodo, se si fa come da voi che si sta tutti insieme. Le rispondo che i miei sono atei, che la chiesa era una scusa per socializzare, che io rimango a lavorare, che passo molte delle mie serate in quel locale greco, che non mi posso assentare durante un periodo così importante, e che dopo, a Gennaio, dopo gli esami, di solito mi faccio sempre un viaggio. Quest'anno andrò in Egitto a vedere le piramidi, il prossimo voglio le Maldive. Alla fine sono libera. È vero, siamo tutti vincitori.

Aggiungo che spesso facciamo molte ore, che è un lavoro massacrante, che i miei superiori pretendono molto. I nostri contratti sono di cinquantadue ore, ma spesso sfioriamo le ottanta ore alla settimana per lo stesso denaro. *Di notte studio, e dormo quando capita.*

Non mi sembra soddisfatta, si mette spesso tre dita sul petto, come se provasse un fastidio, come se avesse prurito. Non capisco se le dà fastidio il mio ceto sociale, se le mie affermazioni le fanno pensare che mi lamento sempre, che poi alla fine sono la solita comunista. Ma il comunismo non lo sa nessuno cos'è, non è mai esistito.

Quando parla mette in evidenza i denti, in maniera velata ma efficace, sembra una cagna. Adesso capisco cosa significa cagna nella tua lingua. È una parola che da piccola non puoi sentire spesso, non te la dice nessuno, ti trattano tutti con dolcezza a quell'età per avere quel che vogliono. Lo hai detto tu a quel tuo amico argentino, l'unico che ci preparava un caffè decente, che dalle tue parti chi chiama una donna *cagna* è considerato una persona sgradevole. Tu, che hai detto di provenire da un posto che può essere molto sgradevole, ed io ti ho interrotto dicendo che dai posti così vengono fuori persone sgradevoli; *nasty people come from nasty places.*

Ti ho colpito, ho sentito il dolore, ho visto la smorfia nel tuo viso. Non te l'aspettavi, stavi ridendo di noi cagne con il tuo amico al bancone di quel bar, ricordi? È così che ci sentiamo; come delle cagne bastarde che vanno in giro per le strade di questa Sicilia povera di civiltà moderna. Poi vedi un branco intero che ne insegue una, attratto dall'odore del suo sesso. Il più forte ha la meglio, mentre gli altri guardano e timidamente mantengono la distanza.

Marianne continua chiedendomi, cosa io sia per te. Così capisco che ha paura di perderti, che sa qualcosa, ma non so di preciso cosa, mi avvicino, mi inginocchio, non abbiamo ancora fatto l'amore, non ho peccato, posso fingere di non amarti. Le prendo le mani, la rassicuro che io e tu non abbiamo nessun tipo di rapporto, che ci siamo incontrati per caso, e che sono passati tanti anni, che eravamo dei ragazzini, che *acqua passata non macina più.*

Tu mi hai detto che non sa nulla della nostra fanciullezza, io non le dirò niente, deve essere lei a parlare. Mi dice che tua madre un giorno le ha messo in mano una scatola di scarpe colma di foto di quand'eri un ragazzino, che l'ha lasciata sola, che in cima c'eravamo io e tu abbracciati e che l'unica cosa che ha detto è stata: *per questa ragazza*

Marco perse la testa come per nessun'altra. Ha sorriso, poi si è dileguata lasciandola con un *box* pieno di noi felici al sole.

Stento a crederle. Tua madre mi ha sempre trattato così bene, ha sempre dimostrato una sensibilità fuori dal normale.

Inizio a dubitare di tua moglie, non la conosco, mi ha chiamata al telefono, mi ha chiesto d'andare a trovarla qualche giorno dopo il barbecue in quel meraviglioso giardino. Mi ha chiaramente chiesto se m'interessavi ancora, poi mi ha proprio domandato se ci vediamo per scopare.

M'impongo di mantenere un buon viso, anche se il gioco m'infastidisce. Mi sta dando della troia, con parole diverse, con classe, ma lo fa. Le vorrei dire che ci piacerebbe farlo, che lo sappiamo entrambi, ma che tu sei "Il Preciso". L'unica cosa che farai sarà accompagnarmi a casa lungo il fiume.

Ti ho fatta venire sin qua perché ho bisogno del tuo aiuto, ha detto.

"Perdonami per questa prima mezzora un poco troppo inquisitoria, ma ho il dovere di proteggere la mia prole da qualsiasi possibile attacco alla loro salute mentale."

Queste parole mi colpiscono nel profondo, mi sento una merda, poi continua a parlare e mi dice che sono passati solo due anni dall'ultima lettera, ma che ha ricevuto lei le tre lettere. Non capisco di cosa mi stia parlando, mi sembra confusa, affannata.

"Sono passati pochi anni, Marco è un bell'uomo, noi donne sai come siamo fatte. All'inizio diamo tanto poi ci chiediamo seriamente se deve andare avanti così per tutta la vita, così mettiamo subito un freno."

Le chiedo di fermarsi con i discorsi, le dico che non so di cosa stia parlando, che ti ho incontrato per caso in aeroporto, che poi sei stato tu a chiamarmi per quel barbecue nel vostro giardino. Continuo dicendole che mi ha fatto piacere conoscerla e sapere che siete una famiglia felice, ma che a parte questo non c'è stato più nulla, che non ci siamo mai rivisti, e che ognuno ha la sua vita.

"Se queste lettere non le hai scritte tu, le deve aver scritte qualcuna che conosci, una tua cugina, una sorella."

Le comunico che non ho sorelle, e che tu non puoi conoscere nessun altro membro della mia famiglia all'infuori dei miei genitori e di mio fratello.

Le chiedo d'essere più precisa, poi le dico che deve aver preso un abbaglio, che forse la posso aiutare, ma dentro ho tanta rabbia, voglio capire. *Un giorno ho notato che tra le*

92

molte lettere ricevute da Marco ce n'era una proveniente da Riga. La lettera era senza mittente, né tantomeno un indirizzo di provenienza, mi dice.

Aveva già il veleno in corpo, non ha resistito, ha dovuto aprirla, ma era scritta in una lingua incomprensibile. Questa cosa l'ha convinta a nasconderla, ad occuparsi di quella lettera in un momento diverso, ma poi ha aggiunto che sono passati dei mesi ed è stato come se l'avesse voluta dimenticare. Non ha mai avuto il coraggio di farla tradurre, ha fatto una breve ricerca su internet ed ha capito che si trattava della nostra lingua. Questo le è bastato per seppellirla tra le bollette già pagate.

"Io non gli ho mai scritto, non sono io, credimi."

Marianne mi guarda, tira fuori altre due lettere, mi chiede di giurarle che non ne so nulla. Le dico di farmene vedere una. La prendo in mano, tremo. Tempo dopo mi dirai che mi ami, che mi hai pensato sempre, ma che hai paura di danneggiare gli altri, che è meglio non vedersi. Io cerco di sedurti e tu mi sfuggi, io cerco di farti cadere e tu manifesti la tua serietà. Chi sei?

Le dico che non è la mia calligrafia, mi chiede se posso leggerle le lettere, mi dà le altre due. Apro la prima in ordine cronologico, capisco che si tratta di una donna, innamorata di te, che si è fatta un test di gravidanza, che è incinta. È tutto in quelle poche righe, non ho il coraggio, si capisce che abortirà, mi sembra evidente che la colpa è la vostra, di voi due intendo, tua e di Marianne.

Le chiedo se è sicura. Se vuole davvero che io legga. Sento il dovere di comunicarle che quello che sentirà non le piacerà, che forse è meglio che ci pensi un po' su.

Il male non la raggiunge, sembra proprio non sappia di cosa le stia parlando, continua a sospettare di me, me lo chiede una volta ancora, *queste lettere sono tue o no?*

Mi rizzo in piedi, le urlo di no. Che se vuole glielo grido in faccia, che adesso sono arrabbiata, perché *io non ti conosco un cazzo, né a te né a lui,* e che mi ha portato in casa sua a buttarmi la sua merda addosso.

Vede la mia pazzia, mi crede, mi chiede di portarmi via quelle lettere, aggiunge che da quando avete cambiato casa non arriva più nulla, che vi siete spostati di un isolato ma è bastato, che questo Natale non è arrivata nessuna lettera. Che secondo lei tu non ti ricordi nemmeno chi sia. Che forse l'hai vista una volta, che lei ha continuato a scriverti nonostante il tuo silenzio, che noi donne siamo fatte così.

Vorrei chiederle se le è mai venuto in mente di vedere se è arrivata della posta per te in quell'altra casa, ma la situazione è complicata. Ogni parola detta verrebbe fraintesa.

Mi chiede di tradurle, di trascriverle in italiano, poi mi dice di lasciarla sola, con quella mano sul petto. Mi fa pena e mi chiedo chi sei diventato.

Lo senti. Senti che non ti voglio, che sto pensando a qualcosa, che non mi fido di te. Togli le mani, non fiati, ti addormenti. Io continuo a pensare, a ricordare...

Mentre cammino verso casa mi domando se non sia tutta una messa in scena, per allontanarmi, per farmi pensare che fai schifo, per mettermi paura, per farmi sentire che qualcosa non va e che è meglio che me la faccia alla larga. Penso che potrei risparmiarle i dettagli, che potrei cambiare le parole, riscriverle, che potrei provare a copiare la calligrafia, ma poi immagino che abbia fatto delle copie, che mi stia mettendo alla prova. Non so che fare, ho timore di leggere le altre due.

Rileggo la prima lettera, la traduco su un foglio di carta, la lascio sulla scrivania, dove nessuno la vede, sono sola, nessuno la tocca.

Caro Marco,

è come pensavi, come mi avevi detto, non avevo mangiato nulla di avariato, sono gravida, ho fatto il test proprio oggi, mi sono presa il mio tempo. Immagino la tua faccia. Come stai? Come va con il lavoro? Lo so che sei molto impegnato, che hai molte questioni da risolvere, non voglio essere un tuo problema, non lo sarò. Volevo solo informarti che tra una settimana verrà un uomo a casa mia, che ho cambiato idea. Lui mi aiuterà ad abortire. Mi servono solo dei soldi in prestito, quelli che avevo li ho dati tutti a te, lo sai. Quando puoi chiamami, grazie.

Chi è questa donna? Me lo sono chiesto allibita. Poi mi sono domandata seriamente, *che vai a fare in Lettonia? Che cosa sono tutti questi viaggi che fai nei paesi dell'Est?* Non ho trovato nessuna risposta. Quando ti ho rivisto mi sei sembrato così serio, così genuino. Poi quando ci vedevamo, durante quelle lunghe passeggiate lungo il fiume e attraverso il parco, ho ascoltato i racconti della tua vita, le tue certezze, le tue speranze, le tue illusioni, e non ho mai dubitato di nulla. Il problema ritornava quando arrivavo a casa, quando mi lasciavi sola sulla soglia e tutto quello che riuscivi a fare era baciarmi una guancia con le tue labbra morbide. Andavo in camera, mi buttavo sul letto a pancia in giù e guardavo quelle altre buste attaccate al muro. Ne ho letta solo una, le altre non ho il coraggio. Quando l'ho tradotta, mi si è bloccata la schiena, la sera avevo la febbre alta, al mattino successivo ho vomitato. Mi sono chiesta amaramente se fa tutto parte di quel progetto divino di cui mi hai tanto parlato, se le nostre deviazioni sono il risultato di equazioni esatte, ma poi ho continuato a far finta di nulla.

3 Dicembre 2009

Sono passati tre mesi esatti da quando abbiamo sepolto tua madre. Tu non hai mosso un ciglio, senza quei tubi non respiri, ma sono sicura che ti sarai chiesto il perché non senti più la sua voce alla sera e al mattino. All'inizio te ne parlavo, la mia voce metallica distorta da quello speaker ti diceva che aveva avuto una brutta bronchite per via dell'aria condizionata. Poi mi sono detta che non sarebbe stato giusto, ti ho letto del suo funerale, chissà se c'eri, se ricordi, se hai riconosciuto la mia voce. Dopo, vedendo com'eri ridotto, osservando come giorno dopo giorno il tuo aspetto si deteriorava, ho fatto finta di nulla. Non ho trovato più il coraggio, ho creduto che la curiosità ti avrebbe potuto spingere a cominciare ad usare il corpo, che delle parole vere dette al momento sbagliato ti avrebbero terminato.

Lo so, sono egoista. Ti voglio vivo, così, per continuare a sperare, non puoi svignartela, non puoi proprio, mi devi ancora tanto. Fa parte della mia insicurezza, del non sapere cosa c'è dopo, del non volere provare neanche a presumere ci sia un mondo parallelo che ci aspetta. Tu sei sempre stato un mio alleato in questo, tu puoi di certo comprendere e perdonare tutti gli errori che sto facendo e che dovrò fare. È una grande fortuna trovare un alleato nella vita, un tesoro inestimabile.

Ora sono finalmente sola, e pensare che odiavo questa condizione, invece adesso amo i miei silenzi e le mie mattine passate a scriverti su questo nostro scrittoio. Di parlarti non ho più voglia. Continuerò a scriverti, ma non ti leggerò nulla, non ti parlerò neanche, nemmeno una sillaba. Esigo che torni a respirare, che mi cerchi con l'olfatto, che tu ti chieda dov'è che siamo andati tutti, se ti abbiamo abbandonato, se siamo diventati muti.

Adesso posso, le ferite stanno guarendo, il cranio si sta saldando, non c'è nessun pericolo. Ti hanno cambiato di stanza, ma tu sai tutto, ne sono certa. C'è una vista su un campo di gelsomini, uno dei pochi rimasti. Ti tocco le mani, te le tengo, adesso mi permettono anche di massaggiarti il corpo, sei caldo, come sempre. Ancora in forma, il dottore dice che è molto strano, che i tuoi muscoli sono in ottime condizioni per via della tensione nervosa, che non se lo spiega, che secondo la TAC non senti e non puoi nulla. Ma lui che ne sa di ciò che senti o che puoi?

Ho fatto bene a non parlarti più, adesso sarai incazzato come una bestia. Penserai che non sono stata leale, che non ti ho detto niente, ne dedurrai che sono falsa, che forse vedo già un altro, che sono la solita troia, ti sarai di certo chiesto chi c'è là a toccarti con queste mani da madre. No caro Marco! Sei tu che devi svegliarti, guadarmi negli occhi, domandarmi con la tua voce tutte queste cose, perché io continuerò a nasconderti tutto.

I bambini sono a scuola e al nido, più tardi passa Lello. Andiamo in pescheria, lui conosce tutti, mi fa prendere del pesce fresco. È stato molto gentile in queste settimane, si è trasferito a estate inoltrata, subito dopo l'incidente mi ha chiamata e mi ha detto che

100

sarebbe tornato a vivere qua. Abbiamo parlato di quel conto inglese qualche giorno prima la morte di tua madre, mi ha dato una carta di debito con il tuo nome sopra. Posso prelevare fino a duecentocinquanta euro al giorno, dice che lo posso fare per i prossimi trent'anni, ma che se muori è un problema. Gli ho chiesto da dove vengono questi soldi, non mi ha risposto, non ne ha avuto il coraggio. Intanto io prelevo, ogni giorno.

Dicembre è un mese meraviglioso in Sicilia, oggi il mare sembra fermo, una chiazza d'olio tiepida. Al mattino siamo ancora tutti a mezze maniche, ti amo, te lo volevo dire, grazie per queste giornate di paradiso. Continuo a raccontarti, mi sembra giusto, voglio tu sappia, anche se dormi, se non puoi vedermi, se hai dubitato delle mie parole. L'importante è che io scriva, poi forse ricomincerò a leggere, dopo forse potrai ascoltare la mia voce chiara, o magari te li lascio sul comodino questi fogli bastardi...

Marianne non mi ha chiamata più dopo avermi dato quelle lettere. Io non ho avuto il coraggio di leggere le altre. Noi due non ci siamo visti per delle settimane, giusto il tempo di iniziare a guarire. L'oggi di cui sono tornata a parlarti adesso è il giorno nel quale sono tornata da Adele. Ricordo tutto molto bene, ho delle vivide immagini.

Quella stessa sera, la sera di cui ti ho letto qualche settimana fa, ti ho chiamato. Proprio quella quando siamo finiti sul mio letto, mi hai messo le mani addosso, ma poi ti sei dovuto fermare. È quel giorno che m'interessa, te lo racconto una volta ancora. Così capisci, comprendi meglio.

La ricrescita si vede già troppo, sono sempre rossa, rosso rame, nella mia testa. Ho bisogno di parlare con qualcuno, non mi fido tanto di Adele, ma è l'unica che sa ascoltare, che riesce a ritornare sull'argomento tre mesi dopo senza alcun bisogno di farmi domande le quali risposte sono state abbondantemente discusse prima. Mi aiuta, è una specie di analisi, io parlo lei ascolta, e quando ho bisogno di riascoltarmi le chiedo se si ricorda. Lei mi fa un monologo delle puntate precedenti, io così mi capisco un po' di più, e questo è il patto.

Non ho il tempo di iniziare a parlare che lei mi chiede se ho puntato qualcuno o se già mi vedo con un uomo. Non le rispondo, rifletto sul fatto che la sua domanda è inusuale e potrebbe andare contro le sue finanze.

Adele è stitica, ingorda, si prende il denaro come un rapace che acchiappa un coniglio. Le chiedo di depilarmi, di strapparmi tutti i peli utili solo a tenerti lontano, di farmi bella, provocante, di conciarmi come Dio comanda.

Mi dice che sono già molto aggressiva, che se vado in giro così mi potrei cacciare in un guaio. Le rispondo che è esattamente quello che sto cercando di fare. Mi sorride, ma non è attenta alle mie parole, la interrogo, ha registrato solo quello che le interessa, mi sembra strano, ci faccio caso.

Pago, la saluto, uscendo le dico che ci rivedremo presto. Non ho avuto il coraggio di raccontarle, non mi sono fidata, lei ha capito che ci saremo viste più spesso. Quando ha chiuso la porta deve essersi fregata le mani ed inumidita le labbra. Io invece ho preso il telefonino e ti ho chiamato, ti ho ordinato di venire a casa mia, di portarmi a prendere un caffè.

Lo hai fatto, sei arrivato dopo pochi minuti, mi hai guardata con l'aria di uno che aveva lo stomaco in fiamme, sei sceso dalla macchina, mi hai preso la mano e mi hai detto che ero uno schianto. Portavo quelle ballerine nere con le borchie d'acciaio, le auto-reggenti nere, una minigonna di pelle a mezza coscia, e una camicetta bianca con il seno a vista. Mi hai presa per la vita, mi hai stretta a te, hai premuto il mio seno leggermente col tuo petto virile, in maniera morbida. Hai sentito il mio battito, e poi con un sorriso magico mi hai detto che un caffè ci stava proprio bene.

Te lo chiedo a brucia pelo, mentre gusti quell'aroma.

"Che vai a fare nell'Est ogni mese?"

Ti turbo, ma fai di tutto per rimanere impassibile, poi mi scruti, ti guardi attorno e mi dici che me ne parlerai a casa mia. Ti dico che *me lo devi dire subito altrimenti non mi vedi più*. Diventi serio, sembri commosso, penso che mi ami ancora, ma non comprendo cosa pensi io sappia. Siamo entrambi dubbiosi, questa cosa non ci aiuta, prendi le chiavi della macchina dalla tasca del tuo gessato, hai una cravatta rossa, una camicia bianca, un gilè da gangster. Mi dici di andare.

Ci buttiamo sul letto e ci abbracciamo come non abbiamo fatto per moltissimi anni. Ti ecciti subito, me lo fai sentire, poi mi inumidisci il collo ma io ti faccio intendere che non posso. Rimango immobile, mentre il tuo dito è pronto a penetrarmi, ma tu mi senti tutta. Ti fermi, e ti riposi sul mio seno.

Dormi per circa un'ora, poi ti svegli e mi dici che devi proprio andare, che è stato bello, che ho ragione, che non dovremmo, *non è giusto*. Mi prendi per il culo, ne sono certa, stai cercando di domarmi, ma ti faccio credere che non l'ho capito e tu vai via contento. Ti chiudo la porta dietro e la chiamo.

"Pronto Marianne, sono Beatrise. Ho tradotto la prima lettera, non mi piace. Sei certa di volerla leggere?"

"Sì, ma non venire. Non voglio ti veda nessuno da queste parti. Spediscimela per favore, con l'originale."

Poi ci pensa. *Perché solo una?* Le dico che ho bisogno di tempo.

"Perché?"

"Lo capirai..."

"Va bene, prenditi il tuo tempo. E se hai bisogno di qualcosa non esitare a chiamarmi, ma fatti viva."

"Che alleanza è questa qua Marianne?"

"Non lo so."

Non ci crediamo, non ci fidiamo l'una dell'altra, ma stiamo collaborando. La storia ci insegna che dalle alleanze più improbabili sono nati dei grandi imperi.

"Cosa vuoi realmente da me?"

"Che sparisci per sempre. Ma prima traduci quelle lettere, ti pagherò profumatamente, te l'ho già detto."

Riattacco. Prendo la seconda lettera di scatto e mi metto a leggerla. Mi vuole dare molti soldi, tanti quanto basta per comprare una casa nella periferia di Riga. Sono tentata, di prenderle di più, di tradirla, di cambiare faccia quando meno se lo aspetta. Poi mi metto a sedere, sento la carta tra le mani, la osservo, è carta prodotta dai russi, è vecchia. Sono comunque dubbiosa, non ho certezze, ed ho molta rabbia dentro.

Ciao signore...

...Marco, volevo solo augurarti un buon Natale. Mio figlio ha compiuto sei mesi oggi, è bellissimo e ti somiglia moltissimo, grazie. Sono molto felice anche se mi preoccupa non avere una figura maschile accanto che lo possa indirizzare, aiutare a divenire uomo, che giochi a palla con lui o che lo faccia correre. Ma come diresti tu, "questo era quello che volevi no?"

Non ti scrivo per convincerti a venire. Ho solo trovato il coraggio di comunicarti che poi non ho abortito, che ho capito perché non mi hai risposto, che hai un figlio biologico in Lettonia, e che quando vuoi puoi venire a trovarlo, senza nessun impegno. Scusa se ti ho chiesto dei soldi, il mio non era né un capriccio né un tentativo di avvicinarti. Non li avevo davvero, tutto qua. Anzi meno male, altrimenti oggi sarei una donna infelice. Grazie ancora.

Riguardati.

Perdonami amore mio per non averti mai dato la possibilità di difenderti, in realtà non credevo lo avresti potuto fare. Marianne dopo una settimana ha chiesto la separazione, dopo un mese ha avuto un lieve infarto. Noi non ci siamo più messi in un letto, mai fatto l'amore, mai più parlato di cosa in realtà vai a fare durante quei viaggi. Lei deve avercelo avuto proprio chiaro cosa andavi a fare per ridursi in fin di vita. L'altra lettera è rimasta appesa al muro a lungo, mi sono sentita l'unica responsabile per le condizioni di salute di

Marianne. E se fosse morta? Un infarto a quell'età è una cosa molto rara, *com'è possibile?*

7 Dicembre 2009

Da qualche settimana mi capita di svegliarmi al mattino con un pensiero fisso, lo reputo un problema serio, un problema che la maggior parte delle persone finora vissute non sono riuscite a risolvere. Molti di noi fanno parte di quelli che ancora non lo hanno affrontato, i vivi, quelli che è solo una questione di tempo.

Questo è un pezzo di un tuo articolo dal titolo - *Se non si può misurare non esiste.* Ricordi? Te ne leggerò alcuni pezzi quando sarà giunto di nuovo il momento, quelli rilevanti. Ho il dovere di dirti chi sei, cosa hai vissuto. Ma per adesso ti scrivo e basta, aspetto, che succeda qualcosa. Ti tocco, questo sì. Lo faccio così senti le mie mani fredde, ti danno fastidio, ma non smetto, devi essere tu a chiedermelo.

Dei consanguinei che amo visceralmente sono rimasti solo mia madre Anna e mio figlio Luca, due alleati part-time. Statisticamente è uno dei più grandi problemi dell'umanità, l'unico non risolvibile.
In media nel mondo muoiono più di cinquanta milioni di persone ogni anno. Questo rimane un problema di cui rifiutiamo le sue proporzioni.
Quando qualcuno se ne va, perdiamo molte energie per via dell'emotività. Il più delle volte abbiamo perso delle

certezze, dei punti di riferimento, ma la cosa che sarà insostituibile delle persone che andranno via è la loro maturata saggezza e capacità di provare compassione ed amore. Non c'è sito internet che possa contenere tali qualità ed abilità. Il maturato equilibrio emotivo di milioni di persone che ogni anno ci lasciano si dissolve nel nulla.

È un'introduzione tenera, e tutto per dire che gli anziani sono il futuro, che non vanno abbandonati, che il fattore nonni aumenta le probabilità di sopravvivenza dei bambini. Sostieni che se riuscissimo a prolungare la vita il vantaggio maggiore rimarrebbe nel fatto che avremmo molto più da imparare dagli anziani, dai vecchi. Dici che chi frequenta i saggi non può far altro che prendere esempio e raggiungere prima la saggezza. Sostieni che questo diminuirebbe le probabilità d'estinzione. La tua, più che una teoria sembra essere un'ossessione, una difesa.

Ma tutto questo non è misurabile, non è proponibile, non è verificabile. Vivremo comunque. Non ci estingueremo, colonizzeremo altri mondi, altre galassie, e lo faremo perché nessuno vuole morire. Almeno questo è quello in cui ci siamo proiettati, quello in cui crediamo di poterci imbattere. Ad ogni modo appare chiaro a molti scienziati che la probabilità che falliremo in questo nostro intento è molto significativa e sostanziale.

Queste sono parole che ti leggerò perché tu possa capire che se vai via perderemo qualcosa tutti. Parole necessarie per farti capire che durante questi mesi le più svariate sensazioni hanno attraversato il mio corpo. Vorrei gridarti che forse erano parole che servivano solo a farti accettare la miseria di cui ti eri circondato, quella che ti ha riempito le tasche; ma ora che desidero che torni, comprendo che eri sincero.

Ho avuto dei pensieri terribili, che mi hanno fatto veramente terrore, quasi stacco tutto, ti uccido, quasi corro sulla rocca, ti raggiungo. Ma sono attimi, ne dimentico immediatamente l'accaduto. Nonostante tutto mi sono data da fare, ho continuato a stare in movimento il più possibile, a mangiare bene. Mi sono concentrata, a far crescere i bambini nella maniera migliore. Sono molto sveglia, attenta, soffro come una cagna bastonata, ma posso andare avanti per molti anni, lo sento.

La cosa che a volte mi dà forza per adesso è la sensazione di non essere confinata allo spazio ed al tempo. È quasi una certezza che sembra nasca dalla mia scrittura, pensandoti, o semplicemente dai miei momenti mnemonici. È di certo una difesa la mia, ma lo sai, me lo hai detto spesso anche tu, *impariamo a difenderci dal dolore molto presto nella vita, per poi finire a trasformare ogni incertezza in certezza...*

Continuo a scrivere, forse un giorno pubblicherò qualcosa, non sono brava come te, ma vedrai che se continuo così ci riesco anch'io. Anche a te a volte è andata male, quell'articolo non lo hanno mai pubblicato, *scritto male, poco interessante, patetico,* qualcuno ha sentenziato.

Do lezioni di lingue, faccio traduzioni. Il Figo mi procura degli studenti che hanno bisogno di tradurre testi dall'inglese all'italiano per la tesi di laurea. Pagano tutti bene, ed io sono anche brava, lo sai. Ho fatto bene a laurearmi, a mettere in pratica i consigli della tua mammina.

Questi tuoi amici sono delle persone eccezionali, mi chiedo da dove nasca il loro rispetto nei miei confronti, da ragazzini era tutto diverso. Essere siciliani vi fa crescere così, devoti a coloro che amate. È una strategia, allunga la vita.

Lello ed il Figo non li ho conosciuti mai bene, tutta colpa di quella prima festa, quella barbara, quel carnevale anni ottanta. Tu non c'eri, eri a Roma con tuo padre, per la partita, ricordi?

Andavo in giro per le strade col mio fratellino, aveva solo sei anni, eravamo affascinati da tutti quei carri, dalle maschere, dai coriandoli, dalla moltitudine di colori. Lui raccoglieva da terra quei pezzettini di carta, li metteva in una busta della spesa, e poi li tirava, eravamo felici.

Abbiamo sbagliato strada, forse sono stati loro, quel gruppo di ragazzini in maschera. Hanno fatto da muro, e noi abbiamo preso un vicolo buio. Era una trappola, ci hanno accerchiati, spinti in fondo.

Ricordo la maschera di Ronald Reagan che si avvicina ed inizia a spruzzarmi della schiuma da barba sui capelli, un altro mi dà una manganellata in testa, si sente il suono buffo di quel fischietto annesso. Arrivano altri a spruzzarmi dell'altra schiuma, mio fratello piange, è terrorizzato, loro ridono. Mi accovaccio in un angolo, tutta bianca, impastata, mentre quelli mi danno delle manganellate da orbi. Manganellate colorate, fischiettanti. Mi fanno molto male alle orecchie, ho dolore dappertutto. Adesso non c'è più nessuno, sono tutti scappati via tranne uno.

Quel chierichetto, quello fatto prete, quello del Sì rosso; è stato lui a salvarmi. Ne ha presi un paio a calci nel sedere, poi ha acchiappato Ronald Reagan e gli ha tolto la maschera. Era Lello, impaurito.

Gli dice che andrà da suo padre quella sera stessa, lo lascia andare, e lui scappa. Arrivano anche dei vigili urbani, li ha chiamati qualcuno, *se continuavano l'ammazzavano,* dice una vecchia.

Gli devo essere grata. Adesso è prete, è lo stesso della messa di morte di tua madre; sì esatto, padre Samuele, il chierichetto del Sí rosso. Ha preso il mio fratellino in braccio, lo ha consolato, lo ha baciato sulla guancia con amore, poi ci ha comprato dei gelati, ha capito che non parlavamo la vostra lingua, che sarebbe stato inutile cercare di continuare a comunicare, si è ammutolito e ci ha accompagnati a casa. Mio padre lo ha ringraziato e seppur ateo non ha potuto rinunciare all'invito, *Domenica in chiesa,* ha detto con le mani congiunte il chierichetto.

È tutta colpa sua, di Lello intendo, è sempre stata colpa sua, di tutto. Poverino.

Ieri siamo andati al promontorio, abbiamo guardato a lungo il mare, ne abbiamo parlato. Ha pianto. Forse lo ha fatto per te, si è scusato; poi gli ho detto che non c'era bisogno, che gli voglio molto bene, che volevo parlare con padre Samuele, e che dopo aver comprato il pesce mi avrebbe dovuto fare il favore d'accompagnarmi su in cima, sulla rocca, lui sta sempre là.

9 dicembre 2009

Mio padre è sempre stato uno debole, *uno che s'innamora in quarantacinque secondi, forse anche meno,* queste sono parole di tua madre. Moribonda, sì, questo è vero, ma le diceva solo quando c'ero io, erano rivolte a me, come per dire, ci sono, sono lucida, ne ho la forza, ti devo dire delle cose.

Devo confessarti cose terribili mi ha detto. Non le ho risposto, credevo di sapere tutto, i bambini sono attenti ed anche se cancellano tutti i *file* che fanno male, li lasciano in memoria, così uno può sempre ripristinarli. Ho avvicinato la testa e le ho fatto cenno di parlare, ha sorriso, di dolore. Poi ha detto di volermi molto bene, che credeva di farlo per amore, *per amore* ha ripetuto due o tre volte.

Come se l'amore fosse l'unico vero fine che giustifica ogni mezzo.

Mi ha parlato di mio padre, che si vedevano, che dopo la morte di suo marito si è sentita morire anche lei, che lo ha fatto per lenire il dolore, che aveva bisogno di qualcuno che l'ascoltasse, che la facesse sentire meglio.

Marco, mio padre e tua madre hanno fatto l'amore per anni, se vi fosse un sentimento vero non lo so, non me lo ha detto. Di certo c'era emotività, la necessità di soddisfare dei bisogni, il dovere di nascondersi. Non la sto criticando, non sarò io a colpevolizzarla d'essere umana, sto soltanto cercando di rimettere a posto gli ultimi pezzi di questo puzzle.

Era di certo un volersi bene, ma non era amore, l'amore non ti fa partire, non ti fa allontanare. Era una necessità, un conforto, una sicurezza, una mano in più, un modo per non esporsi, una mutua convenienza, una conferma per entrambi. Era solo una connessione, perché l'amore in fin dei conti terrorizza e noi due lo sappiamo bene.

Mi sono domandata spesso perché così tante attenzioni da parte di tua madre nei nostri confronti, ma in fondo lo sapevo bene. Gli doveva tanto. Se alla fine lei è riuscita a sopravvivere alla solitudine e alla mancanza di significato che si era impossessata del suo cuore, è anche, o forse soprattutto, grazie a lui. E grazie a loro io oggi ti scrivo e ti racconto, rivivo con te quei momenti essenziali.

Hai una brutta infezione, colpa del catetere, non so, sono stati vaghi, ti rimetteranno in quell'altra stanza. Continuo a ricordare, mi fa bene, sento il dovere di spiegarti, di farti capire, forse non ce la fai, forse non riesci a venirne fuori. Ricomincerò a leggere, ho tanto da dire a quella cornetta bianca, tutto quello che in questi giorni ti ho tenuto nascosto e molto altro ancora. Non posso rischiare di perderti, devi sapere. Se vuoi puoi fermarti, morire intendo. Io ricomincio a leggere lo stesso, da dove ho lasciato, poi decidi tu...

Sono appena uscita, ti rispondo per strada. Ti dico che non voglio più vederti, che te ne voglio parlare, che ci vediamo da me al lavoro venerdì, che deve essere l'ultima volta. Capisci adesso che non scherzo, e mi rispondi da uomo maturo, mi dici che ho ragione e che è giusto così.

Torno indietro di corsa, rientro in casa, mi pettino, mi passo della crema in viso, dello smalto rosso, mi metto una gonna nera sotto il ginocchio, quelle ballerine rosse, quelle lucide con la fascetta ed una fibbia quadrata in centro. Ho una magliettina bianca a mezze maniche, quella che si vede che ho un bel seno. Fa freddo, ma non importa, camminerò mezz'ora per farmi vedere da te conciata così.

Entro in redazione. Ti ho visto dalla vetrata, mi hai notata e ti sei voltato. Fai come se non fossi nessuno di tua conoscenza, continui a camminare verso la tua scrivania. Ti raggiungo, non ti volti neanche. È sempre stato così, non mi caghi, ti immergi nel tuo lavoro con serietà estrema e per ore fai come se non esistessi.

Ma questa volta mi osservi, non puoi resistere. Mi chiedi se vado a ballare, ti dico di no, che vado a lavorare in quel ristorante in centro. Vorresti continuare con le domande ma ti fermi, sei saggio. Tua moglie telefona, ti sente. Sente le nostre anime incontrarsi, se ne preoccupa.

La rassicuri, le dici che in un'ora sarai a casa e che penserai tu alla spesa. Non le hai concesso la separazione, le hai parlato, non so di cosa, ma l'hai convinta. O forse è lei, che sta solo proteggendo la sua prole. Vedo un uomo dall'altro lato della vetrata, un poveraccio col cric che s'affanna per cambiare una ruota bucata. Mi sento così, come una ruota di scorta, ritornerà presto in quel cofano unto che puzza di grasso mischiato a petrolio.

Mi prepari un caffè ed aspetti che inizi a parlare. Prendo la mia busta paga, te la mostro, ti dico che mi servirà per chiedere un prestito. Mi giustifico, dico che dovrei stare più attenta a come spendo i soldi, che ho dimenticato di parlartene, che vorrei comprare una macchina, che ho bisogno solo di un migliaio di sterline per l'acconto. È solo una scusa, potrei prendere dei contanti, fregarli al ristorante, prendermi ciò che mi spetta, ho un contratto di sette sterline l'ora, me le devono tutte queste ore di libertà, questi pezzi di vita rubata.

Voglio tu creda che sono pulita, o come hai detto tu, onesta. Se dovessi stare alle regole sarei già ingabbiata con ventimila sterline di debito. È solo un trucco, so che fai delle cose strane, che dovresti iniziare a domandarti dove stai andando, che le persone normali si devono preoccupare di come spendono i soldi, che devi riflettere, che lo farò anch'io. È un gioco sporco, ma ho veramente bisogno di quei soldi adesso, li ruberò, te li restituirò per posta.

Ho letto la terza lettera, sono diventata furiosa, poi ti ho subito perdonato. Tu che colpa ne hai? Nessuno a parte me potrebbe mai comprendere che sei il risultato di una stupida e semplice equazione. Poi però ho degli attimi di dubbio, in realtà non so nulla, non so cosa hai vissuto, cosa mi diresti. Forse non voglio sentirlo, meglio lasciar perdere e stare zitta.

Mi dico che l'ho fatto per avere la scusa di camminare fino a qua. Mi guardi, hai capito, guardi le mie mani tremare, ti siedi di fronte a me. Una tua collega ti chiede se vuoi andare via prima, sei in ufficio da questa mattina alle cinque. Accetti e mi chiedi se mi va di camminare con te fino al parco. Mi dici che devi fare delle compere, tra le quali un pianoforte, e una vacanza. Mi ubriachi. Hai una moglie ed un figlio molto fortunati.

Ti dico che l'ho vista, ti meravigli. Mi chiedi come stava, ti dico che era felice, mi guardi le labbra per un attimo, poi dici che deve essere per via del viaggio che farete. L'ho seguita da sotto il portone fino al mercato della frutta quella mattina stessa. L'ho osservata bene per qualche ora, poi mi sono sentita una folle, e mi sono dileguata. Voglio sapere se ha veramente avuto quel piccolo infarto.

Hai una moglie bellissima Marco. Mi dispiace, mi sento in colpa, io non ci arrivo, alla sua classe, all'eleganza, forse neanche all'intelligenza. Ne sono certa, mi sta facendo fuori, mi sta torturando, ne uscirò sconfitta e ferita.

Mi guardi serio, e mi dici che ti ha appena detto che è stata male tutto il giorno. La giustifichi, mi dici che sta veramente molto male, ti senti quasi in colpa e penso che vorrei dirti quello che è successo, che non credo stia male. Me lo tengo, non voglio fare

122

la puttana fino a questo punto, devo accettare che se fosse tutta una messa in scena, vorrebbe dire che è stata brava, in fin dei conti sei il padre di suo figlio.

Conosce molta gente importante Marianne, molti medici. Quel cardiologo che mi dici l'ha salvata è un amico suo, uno statunitense che ha conosciuto durante quell'anno a Boston. Lo ha fatto per impietosirti, per cacciarmi fuori. Ha fatto come una cagna, ha tracciato il territorio, ha trovato il modo per farmi intendere che io, in fondo, sono solo una ruota di scorta.

Camminiamo per le strade, mi chiedi se voglio la tua giacca, mi fai ridere di buon gusto, mi osservi, mi apprezzi, sono una donna felice. Cominci a parlare dei tuoi progetti, di quello che stai scrivendo, di tuo figlio, di quante soddisfazioni ti sta dando. Ti fermi di fronte alla vetrina del bar dove di solito prendiamo il caffè. Lì mi hai baciata per la prima volta a Londra. Guardi dentro e mi dici che sembra un posto totalmente diverso, migliore. Certo, c'era il diavolo lì in quei giorni seduto accanto a noi, abbiamo risentito quell'odore pungente di urina stantia.

Mi fai ridere per tutto il tragitto, mi parli come se mi dovessi ancora conquistare, invece io ti amo perdutamente. È anche questo che mi uccide, che mi stravolge, che mi dà la carica. Sento l'amore nelle mie vene, ti sento vibrare ad ogni sillaba, adoro il tuo tono di voce, la maniera con la quale muovi le mani, il modo con il quale mi guardi nel mondo. Sì, perché non ti volti mai, ma mi cerchi costantemente in ogni angolo di questa lunga via verso il parco. Amo il tuo modo di camminare, la tua capacità di guardare avanti con positività. Mi chiedo se lo fai per impressionarmi, ma ormai so che fai sempre ciò che dici.

Ti parlo della mia esperienza con l'emicrania, che sono tornata nella mia terra per qualche giorno per accertarmi che andasse tutto bene con la mia testa, che il medico mi ha consigliato di stare più tranquilla, che tutte le analisi confermavano come fossi stata solo reduce da un momento di stress acuto.

Ti sei fermato, mi hai chiesto cosa fosse successo negli ultimi due mesi. Ho subito pensato che non me lo aveva chiesto nessun dottore, e ti ho risposto che i miei mi avevano comunicato che il divorzio era ormai in corso. Mio padre ha un'altra e mia madre ha un altro. Mi hai spiegato quanto fosse normale sentirsi così in circostanze simili.

Povero Marco non sai ancora nulla di tutto quello che è successo ed io non trovo maniera migliore per spiegarti, da qui, seduta dove è iniziato tutto. Mi sfioravi le mani e mi guardavi, ricordi? Eri un ragazzetto dolce e furbo, lo facevi come se nulla fosse, ed io sentivo un gran calore arrampicarsi per le gambe per poi invadermi il petto.

Mi hai convinta quanto fosse emotivamente giusto avere una reazione del genere, e spiegato come il mio punto di riferimento si fosse diviso concretamente. Il mio mal di testa era una manifestazione acuta della situazione che stavo vivendo. C'era molto altro, amore mio, ma non ho mai avuto il coraggio di parlartene perché facendolo sarebbe stato come riparlarne con me stessa. Mi sentivo responsabile di tutto, avevo paura, ero confusa. Noi donne siamo fatte così, meglio andare avanti che fermarsi a cercare di risolverle queste equazioni strambe. Voi invece riflettete a lungo, ritornate sui discorsi, analizzate troppo, morite prima.

Arriviamo al bivio, mi dici che mi lasci, mi guardi ma non ti do spazio. Ti dico ciao e scappo via. Ti metti a pedalare verso il centro. Passano dei secondi, mi fermo e mi giro, ti sei fermato anche tu. Ci stiamo guardando, aspetti degli attimi, poi smetti e vai via, ti vedo sparire nella strada del fiume che ci conosce bene.

Quando mi sono girata, per un momento, quando ho guardato nei tuoi occhi, non ho sentito più quella pioggerella cadere dal cielo, non ho visto più nulla attorno a noi, nessun suono, nessun rumore, tu eri bellissimo, è stato un sottile attimo, un piccolo ritaglio di spazio strappato dal tempo, un istante completo. Come una nota al posto giusto, un tuono in un temporale, un'onda che sbatte nelle rocce. È stato un momento cieco, pieno di pace, me la sono portata con me.

Arrivo al bar greco dove lavoro, ho una forte energia dentro, me l'hai donata una volta ancora. Lo sento, il tuo amore avvolgermi, come fai? Me lo chiedo, mi domando se non sto diventando pazza, mi sento quasi spostata dalla felicità, rido per ogni cosa, sono piena di gioia e so che vuoi sentirmi come io ti sento adesso. *Io non ho colpa alcuna*, mi ripeto spesso, ed in effetti è vero, io non ho colpa alcuna.

Ho visto qualcosa che non sono riuscita bene a decifrare quando sei andato via, quando il resto del mondo si è riacceso. C'è stata un'intrusione, lo stesso uomo, quello della ruota di scorta, mi guardava da lontano, forse si è nascosto. Ci penso e ci ripenso ad intermittenza mentre servo ai tavoli. Passo la serata a dirmi che non può essere, che così mi ammalo, che sto iniziando ad essere anche paranoica, che la coca mi ha proprio rovinato.

11 Dicembre 2009

Scusami tanto amore mio, in questi giorni non sono riuscita a venire, ho avuto dei problemi con tuo figlio. Non mi accetta, a volte comprende che sto soffrendo e mi aiuta, ma spesso fa lo stronzo, solo con me, ma lo fa. Ha capito che la vita ha fregato anche lui, che deve crescere in fretta, che Erick ha bisogno di lui, che in fondo è sangue del tuo sangue, nonostante tutto. È spesso ostile, alla fine ho dovuto cedere, ho dovuto dirgli come stanno le cose.

Papà non è in viaggio, ma in ospedale. Stiamo tutti aspettando che ritorni forte come prima. Ha ancora una voce querula, ma non l'ha usata. Si è chiuso in camera, ha pianto.

Adesso mi fa paura, s'è messo al balcone a guardare il mare, è una statua di marmo, è solo.

Se non fosse per tua sorella che lo distrae, nella quale può specchiarsi, riconoscersi nei lineamenti, nei modi di fare, non saprei proprio come riuscire a dissipare la sua rabbia. A volte non mangia, mentre delle altre s'ingozza. Sono stata da uno specialista, mi dice che è solo una questione di tempo, che più amore posso dargli e prima capirà che sono una sua alleata. Io lo amo, mi sono innamorata di lui, ti somiglia tanto, lo osservo spesso mentre dorme. So che non sarà facile, che questo mondo non gli appartiene, che ha vissuto qua solo in vacanza d'estate, ma la vita è crudele, siamo noi che abbiamo il dovere di renderla tenera.

Questa sera verrò, non ti toccherò come nelle ultime volte, hai reagito bene alla cura, l'infezione è passata velocemente, ci sono volute poche ore, si trattava di un leggero mal di gola, forse il cambiamento d'aria, ma ti trattengono in quella stanza. Io intanto ho ripreso a leggere, a parlarti da quella cornetta bianca.

Ti leggerò queste poche righe. C'è un posto ed un momento che mi stanno particolarmente a cuore, leggo così capisci. Leggerò sperando ti venga voglia di tornare a casa, ne abbiamo bisogno, una disperata necessità. Abbiamo detto a Luca che per ora nessuno può farti visita e che ci vorranno delle settimane. Tua sorella mi ha suggerito di prendere tempo, spera sempre che Dio esista...

Pedalo in pace accanto a questo fiume londinese, l'aria tiepida mi parla di te. L'acqua scivola via silenziosa. I cigni mi seguono sperando in un tozzo di pane; mi fermo, li aspetto, li osservo, poi mi volto e ti vedo.

Dentro ho pace, fuori è calma; sono pronta, lo so. Ti dirò che andrò via, che non potrai seguirmi, che dove vado c'è troppo buio per te.

Il suono buffo dei tuoi freni mi fa sorridere, quasi mi tamponi, non sospetti, credi nella mia serenità, ridi di buon gusto, ti invado con la mia pace, ti avvolgo della mia passione per il silenzio. Catturo il tuo sguardo, adesso sei soltanto mio, adesso, mentre vorresti sospirare, non puoi più, sono io, la tua aria.

Passano migliaia di litri sotto il ponte, noi non ci muoviamo. Ci passano centinaia di anime accanto, noi non ci siamo. Passano le stelle sopra il nostro corpo, noi siamo una cosa sola. Ma io ho già deciso, ritorno a Riga, ne ho voglia.

Scappo, vado via. Mi tolgo questa catena dal collo, libero questa collera velenosa. Mi lascio andare sul letto di questo fiume, spero di arrivare presto al mare, di iniziare a nuotare, di perdermi nella sua immensità.

La mia valigia è pazza come me, rossa di rabbia, piena di ricordi; foto di famiglia, cose dalle quali fuggo, cose che mi danno solo dolore. Cose che dovrò portarmi sempre dietro. Cose che presto rincontrerò.

Tu non lo sai, non lo saprai, non capirai, ma io sparisco di nuovo, questa cosa non si può vivere.

Ho letto quella terza lettera, ne ho trascritto la traduzione, sono andata a casa tua, sono salita al quarto piano di quel palazzo vittoriano. Marianne mi ha aperto ignara delle conseguenze di quell'atto, forse l'ho fatto apposta, forse lo ha voluto lei. Comunque è così che è andata, ed io non posso farci nulla.

Le ho detto che avrei lasciato Londra in poche ore, che non mi avrebbe mai più rivista, che comunque io con te non ho mai fatto l'amore in tutta la mia vita, ma che ti ho amato veramente. L'ho fatto con tono normale, avrà pensato che solo una folle è capace di tale compostezza, l'ho lasciata sull'uscio con quelle carte in mano, soddisfatta di certo, ma anche dubbiosa. Mi ha chiesto il numero del mio conto in banca, non le ho risposto.

Ti ho mandato quel messaggio e sono andata al fiume vicino al ponte. Il ponte amore mio, te lo ricordi?

Credo sia arrivato il momento io ti legga quella terza lettera, il momento che tu comprenda il perché sono sparita senza lasciare traccia, perché tu possa un giorno guardarmi e dirmi che avresti fatto la stessa cosa, forse.

Marco mio caro,

non ti mettere paura per favore. Mi sembra solo giusto tu lo sappia, tutto qua. Io mi sposo tra sei mesi. Ho incontrato un uomo dolcissimo che si è innamorato di me e di mio figlio. Dovresti vederlo Janis, così piccolo, gli carezza il viso con quelle manine tenere, morbide. Ci fa impazzire di gioia.

Ti scrivo anche perché c'è una mia amica che vorrebbe fare la stessa cosa, avere un figlio senza avere un compagno. Immagino tu sia fuori piazza ormai, che queste mie lettere non debbano averti fatto bene.

Le ho anticipato che non funziona, che poi avrà bisogno di qualcuno, che sono cose che si capiscono con il tempo, ma lei è più testarda di me.

Forse puoi trovarle un contatto. Lei può pagare fino a duemila sterline. Lo vuole fare come abbiamo fatto noi, carnale, senza impianti né niente. Vuole provare. Le ho già detto che ci possono volere dei mesi, che le può accadere che s'innamori di un estraneo, che quindi il prezzo potrebbe anche salire, in tutti i sensi, ma mi sembra decisa.

Ha solo dei dubbi riguardanti i fattori genetici, vuole un figlio forte e di successo. Le ho parlato delle vostre certificazioni, che siete assicurati, a dire il vero non ho mai capito se questa cosa è vera, o se il mondo è ormai *messo così male.* Del tuo *certificato ricordo: nessuna malattia, mai stato ricoverato,* laureato, uomo di successo... A me ad ogni modo è bastato vederti. Poi però ho compreso che senza un padre mio figlio avrebbe di certo perso.

Le ho anticipato che si può *tirare indietro all'ultimo* momento, che se lo fa non dovrà pagare nulla, ma le ho anche detto che se gli altri sono tutti al tuo livello, allora non ci riuscirà.

Queste ultime righe erano solo per farti capire che non potrò mai dimenticarti.

IIo una domanda per te, anche se so già che non risponderai. Dimmi la verità però, ti sei innamorato un po' di me durante quella settimana, vero?

Ti lascio il suo indirizzo sotto, così la fai contattare direttamente. Aiutala ti prego!

Un Bacio...

12 Dicembre 2009

Ieri sono andata via senza dire niente. Sono talmente abituata a vederti immobile che sembri fare parte dell'arredo di una stanza di lettura. In fondo vengo lì a leggerti cose che ho scritto, momenti nostri, dei tuoi figli, della nostra storia.

Perdonami, non l'ho fatto apposta, avrai di certo sentito il beep. Tua sorella mi ha mandato un messaggio. Si trattava di Luca, è caduto. Ha sbattuto la testa ma non è nulla di grave. Impennava sul muretto del lungomare, è finito in acqua. Non preoccuparti davvero, non è nulla, solo venti punti di sutura, ha preso una roccia di striscio, il resto del corpo è finito tra la sabbia e la battigia.

Inizio ad essere inquieta, ci sta sfuggendo di mano, non so cosa fare. Ha solo nove anni, quasi dieci, ma ne dimostra un paio in più. Scappa di casa, non riesco a trattenerlo, fuori è sempre tiepido, i suoi nuovi amici sono scalmanati. Fanno uno sport strano, saltano dappertutto con le bici, gli ho comprato il casco, lo indossa ma non lo allaccia, quando è fuori dalla mia vista lo aggancia alla cintura dei pantaloni, non lo usa mai.

Ho chiamato in Francia per parlare con il padre di Marianne, non mi ha dato il tempo, ha riattaccato. D'altronde cosa potevo aspettarmi da un alcolizzato. Siete proprio tutti degli stronzi, tutti uguali poi.

Lui non l'ha quasi mai visto questo vostro figlio, la moglie è morta quando era appena nato, forse con lei sarebbe stata una cosa diversa, forse l'avrebbe fatto ragionare. Dov'è la tenerezza? Dov'è l'amore? Ormai non v'è neppure spazio per sperare nell'illusione. Mi sento colpevole, ma non lo sono, lo so che non lo sono.

Detto questo, continuo a leggerti di noi, tanto tu sei sempre fermo lì, qualsiasi cosa dica, qualsiasi cosa accada. Lo so che ti svegli, lo so che ricominci a respirare, lo so che Luca è importante, ma se non ti svegli Luca fa una brutta fine, come te d'altronde. Io invece continuerò a leggere ad alta voce, lo farò per essere certa di includere le cose più importanti, cercando d'essere concisa ed efficace. Se mi limitassi a parlarti dimenticherei quello che ho da dirti, ed il risultato sarebbe molto diverso. Ascolta questa mia voce metallica amor mio, il bello deve ancora arrivare, e ricorda che se vuoi puoi sempre fermarmi, morendo intendo...

Mi chiama, mi chiede dove sono, *ma dove posso essere?* Ho una voce tombale, aspettavo qualcuno, qualcosa, un messaggio, una telefonata. È lui, Azeez, il nigeriano, finalmente si fa vivo.

C'è una pausa infinita al telefono, mi aspetto mi chieda scusa per non avermi più chiamato, ma poi credo d'essere un poco esagerata, dopo tutto è stata colpa mia, almeno credo, comunque è stata una buona scusa per tutti. Non lo sento da quel giorno in Grecia, gli devo dei soldi, molti, almeno per me. Mi chiede di vederci, gli dico che se vuole può venire domani perché finisco di lavorare alle cinque. È una bugia, domani parto, vado a Riga, per sempre.

So cosa mi risponderà, *lunedì lavoro alle sette del mattino, ciò significherebbe tornare la stessa notte, sono stanco, non mi va di rischiare.* Vive fuori Londra, a quaranta chilometri circa, la metropoli lo asfissia, non riesce. Ci viene solo per lavorare a quel locale notturno o per svuotarsi i genitali. Al paesino lavora in palestra, fa l'istruttore di box, ma è infognato con la coca da più di un anno ormai.

Lo metto alla prova, voglio testarlo, voglio sapere se mi vuole davvero vedere, o se ha solo le palle piene. Sì, come ho fatto con te, ricordi? Me lo hai detto alcuni giorni dopo. Mi hai detto che queste cose non si fanno.

Gli dirò che domani non ci sarò, che ho ricordato all'improvviso d'avere un appuntamento con un'amica. Così oltre ad avere le palle piene, avrà un buco di mille sterline. Adesso che mi sento pulita capisco, adesso che quella polvere bianca è lontana comprendo quest'amore malato.

Ti ricordi quella mattina in cui ho rinunciato alla palestra per te? Mi hai detto che saresti andato a lavorare, che avevamo già passato tanto tempo assieme. Ti ho guardato intensamente chiedendoti senza fiatare di restare nel mio letto. Sarebbe stato come dicevo, mi avresti dimostrato che volevi stare con me.

Hai detto che è una maniera pericolosa di gestire un rapporto, di qualsiasi natura esso sia. Mi sono sentita rimproverata, ho creduto d'essere una stupida. *È una questione di responsabilità,* adesso capisco, sono stata oltremodo narcisista, stavi già rischiando tutto.

Ho ceduto, gli ho detto che mi può venire a trovare oggi stesso. Lo affronterò, gli dirò che i soldi glieli mando, che ho bisogno di un periodo lontana da qui. Forse mi capirà, o forse penserà che non voglio darglieli quei soldi. Forse vedrà cose che non ci sono, lo ha fatto spesso ultimamente, quella merda bianca ti ruba la ragione.

Ho riattaccato, ho aperto la mia mail e ti ho scritto. Ho buttato giù due righe dicendoti che per me sei importante, che puoi scrivermi, che non mi hai ferito, e poi ti ho augurato il meglio per la tua vita. Lo hai di certo compreso. Ho spento la luce, i pomeriggi inglesi possono essere molto bui.

Dormo alcune ore, mi sveglio disturbata da un'anima da cui scappo e da un'altra che riappare. Trovo un messaggio nel mio telefono, so che sei tu, lo apro, mi dici che vuoi vedermi, che mi hai pensato tutto il giorno, ma che non hai tempo. Lo so, devi scrivere quell'articolo.

Te lo dico adesso cosa succedeva in quei giorni, lo faccio ora perché allora oltre ad amarti ti odiavo. Con lui non andava, la verità più assurda è che non mi sapeva prendere come mi prendevi tu. Di te mi bastava la voce, di lui credevo volesse solamente usarmi. Ma dovevo fare in modo che sentissi la mia mancanza, dovevo sparire. Sono io che sono riuscita a domare te e tu non te ne sei neanche accorto. Questo è ciò di cui è capace

138

una donna, ma una donna non ci pensa, le viene naturale, mentre un uomo no. Un uomo è troppo poco evoluto per cose del genere.

Sei arrivato di corsa, hai il fiatone, hai visto la valigia in corridoio, la mia camera è vuota e pulita, ho svuotato quell'armadio con le tapparelle, mi hai portato mille sterline, mi hai detto che posso tenerle, di non preoccuparmi. Hai poggiato le banconote sul tavolino. Non abbiamo avuto il tempo, è arrivato anche lui.

È giù che aspetta che io gli tiri la chiave del portone. Ti chiedo di nasconderti nell'armadio, *sì, dietro quelle tapparelle c'è un armadio*; adesso ho una gran paura, tu non capisci, ma ci stai, la cosa ti piace.

Entra sbattendo la porta, mi chiede se ho i soldi che gli devo, gli dico che al telefono era diverso, che credevo volesse passare del tempo con me. Gli chiedo, *che cosa è successo in un paio d'ore?*

Non ha coca e non ha soldi, è furioso. Vede quel malloppo rosa sul tavolo, lo prende, lo conta, sono venti pezzi da cinquanta. Tu sei dietro quelle tapparelle semi aperte, non respiri. Lui sorride, mi mette una mano sul collo, gliela tolgo, mi prende per i capelli. Non fiato, mi sono spostata appena in tempo, non puoi vedere cosa succede, siamo fuori dalla tua visuale.

Gli dico che devo andare in Lettonia di corsa, che mio padre sta molto male, cerca di baciarmi, lo avverto che ho le mie cose. Sembra essersi impietosito per mio padre, mi avrebbe voluto sbattere, ma la cosa più importante per lui adesso è un'altra.

Ora capisci perché non mi fido? Tutta la vita così. Passata accanto ad un mucchio di merda.

È andato via, cado in un pianto lento. Aspetti dei minuti, poi mi chiedi se puoi venire fuori con una voce flebile.

Ti chiedo scusa, mi abbracci, mi dici che non è nulla, che mi accompagni all'aeroporto, che non c'è bisogno che ti racconti nulla. Sei sempre dolce, nonostante tutto. Mi dici di stare attenta, che è importante che non ci ricaschi, che a quel modo mi uccido e basta. Hai capito fin troppo.

I siciliani sono di tre tipi; quelli che parlano solo in siciliano ed hanno un concetto molto vago dell'italiano. Quelli che parlano solo in italiano e provano una punta di repulsione verso quelli prima descritti. E quelli che parlano benissimo sia in italiano che in siciliano, quelli flessibili, comprensivi, quelli pieni di risorse, quelli con delle potenzialità al limite del vero. Tu sei del terzo tipo.

14 Dicembre 2009

Faccio come te adesso, mi immergo al tramonto in queste acque viola. Lascio andare il mio collo, lo rilasso. Il mio capo va all'indietro, sono coperta da questo fluido, con il cuore quasi fermo, con l'amore sospeso nel mio cuore, con le ali piegate dall'acqua gelida. Faccio come facevi tu amore mio, quando scomparivi per un'eternità per poi riemergere felice.

Spingo l'aria dal naso, lentamente, e lentamente sprofondo. Poi mi metto in un fianco per mantenere il poco ossigeno rimasto, non ho più bisogno di spingere dal naso, sono al sicuro adesso, nella mia muta mimetica, dietro la mia mascherina di silicone.

Ora comprendo il non dare e il non avere, la quiete, la forza sospesa, lasciata alla deriva. Adesso comprendo cosa intendevi dicendo che *tutto si ferma, nulla è più, ogni cosa non è altro che quello che non è.* Ora che sono avvolta dal sale, ora che il mio corpo vaga in un luogo dove non v'è spazio per il pensiero, comprendo che non c'era male, che non c'era bene, che non c'erano aspettative, che non c'erano illusioni. Perché qui giù ci sono soltanto io, e tutto è racchiuso dentro me.

Lo hai scritto in quella mail: *Sto vivendo un misto d'emozioni: non sto bene. I tuoi sorrisi moderati che rispondono alle mie preoccupazioni per il rischio che corriamo mi fanno riflettere. Ma poi tu non parli ed io sento la pressione, ho bisogno di condividere una passeggiata con te perché condividere un letto non mi fa sentire pulito.*

Neanche una passeggiata Marco. Quell'email l'ho letta a Riga a casa di mia madre. Lì ho pianto e lei mi ha consolata, è stato un bel periodo da sole. Tu sapevi che tornavo a casa per mio padre, ma io andavo via per sempre.

Ti ho risposto, *Es Mīlu Tevi,* Io Ti Amo.

17 Dicembre 2009

Salvatore, quel tuo amico, il Figo. Ne sa molto più lui di me, di certo. Vi confidate tra di voi, vi dite le vostre cose da uomini, non ci pensate mai che le donne possano avere soluzioni più brillanti delle vostre, voi siete così, insicuri.

A volte mi sembra distante, non so, non mi convince. Qualche settimana fa era qui con Lello, è stata la prima volta che ci siamo guardati diversamente. Mi ha toccata, come fate voi, voi italiani intendo, toccate tutti, non v'importa. Ha detto delle cose, si riferiva ai viaggi tuoi e di Lello, che se avesse avuto il vostro coraggio non sarebbe dovuto rimanere qui a fare il rappresentante.

Ogni tanto mi butta un'occhiata sul seno, poi però quando cerco i suoi occhi s'imbarazza.

Non sono italiana Figo, se mi guardi ti guardo, se mi parli ti parlo, se chiedi forse ti sarà dato. Forse, dipende, solo se mi dici tutto quello che sai, e soprattutto se ne ho voglia.

Tu che fai dormi? Dormi, dormi. Questa faccenda la risolvo da sola...

L'ho chiamato, gli ho chiesto se voleva venire a pranzo da me. Ho preparato dei funghi ripieni e del tacchino saltato in padella con burro e salvia. Avevo due bottiglie di brunello, erano tue lo so, ma ho fatto tutto per sapere, la prossima volta m'includi.

Salvatore è sempre stato un bell'uomo, mi dispiace ma è anche più bello di te. Ha qualcosa che ho compreso intuitivamente, una sessualità velata, nascosta, ma è come se puoi sentirne l'odore. Veste bene, si muove bene, un po' randagio, al punto giusto. Tu lo sai, mi ha sempre attratta, ne sei stato geloso svariate volte, sei uno stupido, adesso invece ne potresti avere dei seri motivi, ma dormi.

144

Oggi eravamo a tavola, siamo stati intimi. C'era la calma delle due meno un quarto. Tutti di fronte al tg, con la forchetta che si ferma spesso davanti alla bocca.

Tuo figlio ha il rientro, il piccolino è con tua sorella. Io faccio la puttana con un tuo amico. Te lo meriti. Tua sorella prenderà Luca a scuola, oggi li porta al cinema, così sono libera fino alle sei.

C'era il Figo accanto a te alla finestra quel giorno al ginnasio. Era il giorno nel quale andavamo via, tornavamo in Lettonia. La campana della ricreazione mi ha fatta voltare, lui è sceso di corsa mentre tu sei rimasto in classe a guardare dalla finestra. Mi sono avvicinata ai cancelli, erano aperti e sono entrata. Mi ha dato un fiore, mi ha abbracciata, mi ha baciata sulle guance ed ha quasi pianto. Era un ragazzino, forse gli piacevo, forse quell'attrazione non la provavo io da sola, condividevamo qualcosa noi tre, un segreto solo nostro, una cosa che non potevamo dirci. Non ci ho riflettuto mai abbastanza, non ho avuto il tempo, sono sparita quando il mio corpo iniziava ad assecondare le mie fantasie. Tu sei rimasto immobile, neanche un cenno, sembrava fossi contento, ma in realtà era la prima volta che morivi.

Parliamo del più e del meno, sono a piedi nudi, ho un vestitino bianco a fiori rossi, quello a mezza coscia, ho i capelli sciolti, si vede che ho un bel sedere. A volte lo guardo negli occhi, lego i capelli con un elastico rosso, poi dopo pochi minuti lo rimetto al polso e mi spettino. Non se ne accorge neanche, ma lo sente, strizza gli occhi come un dannato.

Glielo chiedo alla seconda bottiglia di vino, tra un fungo ed una fettina di carne bianca, *cosa facevano Lello e Marco in Inghilterra?* È rimasto a masticare più del dovuto, ha bevuto dell'acqua, si è rovinato quel gusto nel palato, poi mi ha guardata, *perché tu non lo sai?*

Gli uomini fanno molte domande stupide, riflettono più del necessario.

Sta contemplando il granato limpido di quel vino che sa di legno, lo assaggia più volte, si rifà la bocca, dice che sente un sapore di frutti, una punta di vaniglia, poi mi guarda e finalmente parla con un accento siculo accuratamente scelto, *sei sicura di volerlo sapere?*

Non rispondo. Mi metto la faccia di una che ha appena ascoltato la seconda minchiata in pochi secondi.

"Organi."

"Organi?"

"Cuori, fegati, reni, cornee. Soprattutto cuori, ecco, sì, sì, cuori... ..senti Beatrise, io non ti ho detto nulla. Qui rischiamo di rovinarc un'amicizia ventennale per una cazzata del genere", mi ha detto.

"Una cazzata? Una cazzata un cazzo!"

Faccio una breve pausa, mi mordo l'unghia dell'indice, ho l'ansia che mi uccide.

"Lo sai che prelevo duecentocinquanta euro al giorno dal conto di quello stronzo che dorme perché la realtà gli fa troppo male?"

Scusa Marco, ma mi viene naturale, divento isterica, non mi controllo, non mi posso fermare.

Abbiamo smesso di mangiare, ho fumato tutto il pomeriggio con lui, gli ho gridato a denti stretti che se voleva che stessi zitta mi avrebbe dovuto dire molto di più. Che sapevo che lui con padre Samuele da ragazzino ci andava volentieri, che se non voleva spiattellassi tutto in giro mi avrebbe dovuto raccontare chi siete stati e cosa avete fatto.

Poi mi sono calmata, ho capito. è stato un momento pazzo della vostra vita. *In Inghilterra ci sono molti malati di cuore* ha detto. Dice che nell'Est si trovano dei buoni organi ad un buon prezzo, che alcuni arrivano dall'Oriente, che avevate degli appoggi buoni, che rischiavate molto, ma che in fondo molta gente oggi è felice anche grazie a voi. Adesso quell'articolo ha più senso.

Mi dice che non c'era bisogno che io lo minacciassi, che lui ha la sua sessualità, che ognuno di noi è diverso, che non gli sono piaciuta. Poi mi dice che comunque in queste settimane mi ha pensata, che l'idea di fare sesso con me lo attira, che per l'amore, quello vero, si vede ancora con padre Samuele. Sì esatto, il chierichetto del Sí rosso.

Ci credi? No, di certo. Questa cosa da ragazzino ti è sfuggita. Te l'ho detto, voi uomini riflettete troppo, contemplate fuori orario. È una questione di percezione, non lo prendi, non ti arriva, sei escluso, dormi, buona notte!

Mi sono seduta sul divano distante da lui, a braccia conserte. Quel modo intimo di continuare mi ha infastidito, gli ho detto che adesso ci sarebbe voluto del tempo, che vi odio tutti. Lui mi ha semplicemente comunicato che siete così, matti da legare.

148

Che è più forte di voi, che ne avete bisogno, che ognuno ha le sue deviazioni, che il mondo è così.

È andato via, ma prima abbiamo fatto una cosa che non so come spiegarti. Te l'ho detto già che ne sono sempre stata attratta. Erano molti mesi che nessuno mi toccava con quella gentilezza, mi sono bagnata, forse anche per via della sua voce.

Una specie di carica si è impossessata del mio corpo, come se avessi dovuto esplodere, rilassarmi. Ero tesa, ma provavo piacere, lo sentivo in pancia, in uno strano bruciore.

Mi guarda e mi dice che gli piace il mio corpo, che si scusa, ma che lui è fatto così, doveva per forza dirmelo, continuare a sedurmi, a quel modo.

Se adesso mi ascolti ti svegli, oppure spacco questa vetrata, stacco tutto e ti faccio soffocare.

Si alza dalla poltrona e si avvicina, rimane in piedi di fronte a me, mi pettina i capelli delicatamente con quelle dita da uomo. Poi me li tira verso dietro facendomi sentire una punta di dolore, mi torce il collo, lo mette in evidenza, chiudo gli occhi, mi bagno ancora di più.

Allargo le cosce velocemente, inarco la schiena, si mette subito in ginocchio sul divano, in mezzo alle mie gambe, mi tiene ancora per i capelli. Sono seduta, in punta di piedi, gli tocco l'addome, scendo subito lì, non resisto, il calore attraversa quei jeans scoloriti, il mio stomaco è in fiamme. Si abbassa, mi sfiora il collo con le labbra umide, poi si blocca. Mi dice che non farebbe bene a nessuno. Fugge via. Lo odio, voglio riempirlo di botte, gliela farò pagare. Adesso però so che c'è qualcun altro. Un altro che ha una specie d'ossessione, che rischierebbe tutto, che sa come prendermi.

Avevo capito che si vedevano ancora, ne ho avuto la conferma quel giorno sulla rocca. Dopo aver comprato il pesce con Lello, mi ha accompagnata là. Sono entrata in chiesa, mi sono avviata a passo svelto verso la sagrestia. Era là, di fronte al tabernacolo, in piedi che leggeva il vangelo di Giovanni.

In principio era il Verbo,
il Verbo era presso Dio
e il Verbo era Dio.

Ricordi amore? Il tuo preferito.

So tutto di quel giorno adesso, non sei venuto neanche a studiare al pomeriggio. Lui ha convinto tua madre a non mandarti a scuola, che dovevi aiutarlo per i preparativi della processione, quella del santo patrono. Ti ha portato in sagrestia prima, nelle cucine dopo. Tu sospettavi e ti sei fatto inseguire fino a dietro l'altare, ma non trovava il modo. Poi ha deciso di rischiare, di portarti a casa sua, quella che gli ha lasciato la sua zietta morta. Lo ha fatto con la scusa di una chiave che aveva perso. Ti ha messo in mano il motorino, ti ha fatto guidare. Quando siete entrati in camera da letto ti ha chiesto se ricordavi la lezione. Ti aveva da poco parlato della masturbazione, ti ha detto che altri avevano fatto con lui alla stessa maniera, e quanto lui gliene fosse grato. Tu avevi rimosso tutto, la sola parola era una cosa che proprio non ti entrava in testa. Si è steso sul letto e ti ha chiesto di avvicinarti proprio come ha fatto con me. Non eri attratto, io invece sì che lo ero.

Volevo confessarmi Padre, gli ho detto mentre leggeva quel vangelo. Non mi ha neanche guardata.

"Questo non è l'orario giusto figliola."

"Adesso o mai più Padre."

Mi riconosce, si avvicina, mi guarda. Rimane serio, poi mi gira attorno lentamente. Ritorna di fronte a me, mi mette una mano sul capo.

"Genuflettiti figliola."

L'ho fatto, ho sentito un brivido alla spina dorsale, una voglia di gridare, ma la sua voce mi è entrata dentro come un'onda nera entra in una piccola baia e s'incassa tra gli scogli ed i sassi. È pece, ingloba tutto, d'inverno è asciutta e dura, d'estate è di nuovo morbida, ma macchia.

Era un ordine, l'ho eseguito. Un ordine capisci, come quello che ha dato a te...

Avvicinati. Vieni a sentire come diventa duro. Tu guardavi con la curiosità di un bambino, ma sentivi quel puzzo d'urina stantia e te ne stavi lontano. *Vieni, metti un dito qua.* Ti indica il centro del suo pene rigonfio, ti invita a toccarglielo.

Ti avvicini puntandogli quel dito indice contro. Ma senti che la cosa ti si rivolta dentro lo stomaco. Non lo vuoi deludere, hai solo dieci anni, forse undici, gliello premi, ti sembra buffo. Poi ti allontani naturalmente senza nessuno scatto, senza repulsione. Quel momento è passato, hai fatto quello che ti ha chiesto, hai esplorato, per te è più che sufficiente. Lui sperava, lo hai visto nel suo sguardo, l'ho letto dai tuoi diari, li ho tutti io adesso, so tutto.

Ti ha guardato e si è masturbato molto lentamente, come ha fatto con me, come ha fatto con il Figo. Ma noi gli siamo stati vicino, lo abbiamo aiutato a toccarsi senza capire cosa stavamo facendo, tu invece sei rimasto a guardare. Hai aspettato che esplodesse, è stata una rivelazione strana, ti ha fatto ridere, ti ha fatto anche schifo. Però è vero, alla fine abbiamo tutti imparato, alla fine non ci ha costretti, in verità abbiamo scelto noi. Che pena l'uomo. Che grande pena.

Con il Figo gli è andata proprio bene, lui era più grande di noi di qualche anno, forse è stato questo, forse era naturale che succedesse. Con lui gli è andata sempre bene. Adesso a quanto pare c'è amore. E tu? Tu non ne sai proprio nulla!

Nessuno ne sa nulla. Sono sempre io quella che si va a cercare tutte queste storie, che sposta le dune di questo deserto per scoprire verità che potrebbero sembrare miraggi, ma che in realtà sono certezze, oasi di speranza disseppellite, pronte a riesplodere di verde.

Mi ha accarezzato il capo, poi si è abbassato, *chi è senza peccato scagli la prima pietra,* mi ha sospirato all'orecchio. Sono

esplosa in un pianto isterico, mi sono liberata.
Singhiozzando gli ho chiesto perdono, che mi
sentivo sporca, che avevo ucciso tua moglie,
che le avevo rubato un figlio.

Ho iniziato a raccontargli di Adele, *non le
avrei mai dato quelle lettere se non fosse
stato per lei*, gli ho detto.

Adele ci ha fatti seguire Marco. Tua moglie
la pagava profumatamente per farci
controllare. Quel giorno che sono venuta da
te in redazione, quell'uomo, quello che
cambiava la ruota bucata, ricordi? Te l'ho
letto giorni fa.

Quello era il camionista, ci ho pensato
dopo, quando ci siamo fermati a guardarci,
prima che tu sparissi in bici. Ho rivisto quella
macchina bianca, l'ho notata perché aveva
una targa italiana.

Poi quando sei andato via ho preso la via
del parco, ho iniziato a correre, ho
costeggiato l'isolato, ho fatto il giro e sono
salita su in cima al palazzo che dà su
quell'incrocio.

Era lui. Cercava di capire dove fossi finita.
L'ho ricordato, ha lo stesso cappello grigio
delle foto che mi ha mostrato Adele. La
bambina gli somiglia anche. Quella
napoletana mi ha preso in giro sin dall'inizio
con tutte le sue storie. Mi lasciava sempre a

metà, ritornavo per sapere il seguito di quello che mi aveva raccontato la volta prima.

Il camionista è salito in macchina, ha dato l'ultima occhiata alla stradina che entrava nel parco, poi è sparito. Quando sono arrivata a casa avevo dentro una gran rabbia ed ho pensato che di certo l'aveva pagata per farsi raccontare i cazzi miei, come voleva pagare me perché io sparissi per sempre. Ma non ne ero sicura, a volte mi sento pazza lo sai.

Con padre Samuele abbiamo camminato nell'oliveto dietro la chiesa come se nulla fosse. Mi ha parlato di tua madre e di mio padre, ed ho appreso come la causa degli infarti di Marianne fosse solo dovuta a loro. Ma in fondo non ho voluto capire, non ho accettato quella luce che entrava prepotente nel mio cuore. Gli ho ridetto che era successo tutto per causa mia, e che non avrebbe potuto togliermelo dalla testa.

Si è fermato, mi ha preso per le spalle e mi ha detto di sedermi a terra, si è messo accanto a me, mi ha raccontato che vedeva spesso tua madre.

"Lei Marianne la odiava, ma era combattuta da quest'odio."

Tua madre era una fedele, ma adesso so che era anche una donna cattiva. Mi ha detto che mio padre era rimasto innamorato di tua madre ma che lei non provava null'altro che affetto, e che l'unica ossessione della sua vita eri tu. Tua madre ha contattato mio padre molti anni dopo sicura del fatto che lui fosse ancora preso da lei. Ha scritto lei quelle lettere Marco, gli ha chiesto di riscriverle e di spedirle a casa vostra a Londra.

Ogni novembre andava a Norimberga, in un centro benessere. Ci andava anche mio padre, si vedevano una volta all'anno. Io non ho mai saputo mio padre viaggiasse, mia madre non se ne sarà neanche resa conto.

Ha fatto come un uomo fa con un animale, gli ha dato lo zuccherino. Dai conti delle carte di credito che ho trovato in casa risulta che pagava tutto lei; viaggi, ristoranti, tutto. La doveva proprio odiare Marianne.

Ma tu e lei, non ve ne siete mai accorti? Com'è possibile? Com'è possibile che stesse cercando di toglierti la cosa più preziosa? Lei in fin dei conti era o no la cosa più importante per tuo figlio?

Padre Samuele mi ha garantito che nessuno fosse al corrente della cardiopatia di Marianne. Tua madre si è solo giocata tutte le carte possibili, ha perso per uno stupido e capriccioso bluff. E di certo non è stata l'unica a perdere, forse abbiamo perso tutti.

Ho chiesto a padre Samuele perché non ha cercato di fermarla, mi ha risposto che ha saputo tutto dopo quell'ultimo infarto, che tua madre si è andata a confidare per la disperazione, che in fin dei conti voleva solo lei ti lasciasse. In quei giorni ha anche scoperto d'avere poche settimane di vita a disposizione.

L'inferno esiste.

Perdonami Marco ma dovevo, era necessario. Come mi hai sempre detto tu, *quando è necessario fare una cosa, é essenziale che venga fatta.*

Padre Samuele mi ha chiesto scusa, anche per te. Mi ha detto che in convento ha affrontato il suo problema e che ha compreso che la sua omosessualità repressa stava trasformandosi in quello che noi sappiamo bene. Mi ha chiesto perdono ed io gliel'ho concesso.

Prima di lasciarmi andare ha voluto sapere come avevo fatto ad ottenere il fido del bambino. *Non ho nessun fido, se muore Marco se lo vengono a prendere per sempre.* Siamo tutti sospesi, aspettiamo solo che ti svegli.

21 Dicembre 2009

Queste ultime pagine sono per me, non le leggerai mai, né le ascolterai, non ne avrai l'opportunità. Tu hai sempre bisogno di opzioni, di altri modi per capire le cose, punti di vista diversi, angolazioni nuove, ma adesso non ve ne sarà più la necessità.

Sorprendentemente evitiamo le cose positive alla stesso modo in cui cerchiamo d'evitare le cose negative. Ci difendiamo dalla paura, rinunciamo al cambiamento. Sembra esserci una maniera distorta d'amare, d'amarci, un modo che paradossalmente non fa altro che favorire la maniera di ucciderci l'uno con l'altro, in maniera subdola, sottile; diabolica mi viene spesso da pensare.

Avere dei sani principi senza comprenderne il significato, può essere molto pericoloso caro marito.

Questa mattina ha squillato il telefono, erano passate appena le tre. Ho risposto ad alta voce, forse per dare un segnale forte, per far capire che ero pronta nonostante il sonno profondo, che avrebbe dovuta essere una telefonata chiara e concisa.

C'è stata una pausa sorda, breve, durante la quale ho potuto ricordare che ieri sera uscendo, dando le spalle a quella vetrata, mi sono sentita osservata. Avevo il mio foulard rosso in testa. Mi aiuta, non fa evadere la mia ragione, trattiene dentro quel che c'è rimasto di buono.

Se mentre andavo via hai aperto gli occhi, non mi hai riconosciuta. Forse li hai richiusi credendo fossi qualcun'altra, forse ci siamo sbagliati per un istante. Ma la vita è fatta di brevissimi momenti che divengono eterni, come per magia.

È l'infermiera da quel lato della cornetta, dice che ti lamenti, che spesso pronunci delle parole che le ricordano il mio nome, che lei

159

crede tu mi stia chiamando. Mi viene da ridere, questa è la prima reazione. Le rispondo che sto arrivando, mi dice che non dovrei, che non mi faranno entrare, le dico che vengo lo stesso.

Mi hai chiamata per nome, mi hai cercata, ne dubitavo. Non ci avrei messo la mano sul fuoco, ma sapevo che l'unico modo per farti tornare era leggerti chi sei stato, di farti sentire innamorato, di farti provare tenerezza e odio. Non saresti mai tornato solo per un mondo che non respira, senza l'opzione più dolce, senza incertezze. Ed io non avevo altra scelta che farti credere tutto quello che hai ascoltato, di farti sognare.

Ho rischiato tu scegliessi di rimanere da quell'altro lato, visti i fatti, visto il dolore. Ho rischiato di compromettere per sempre la mia salute mentale e quella di nostro figlio. Ma ho avuto ragione, perché adesso sei con gli occhi aperti che mi cerchi.

Quando sono arrivata avevi di nuovo gli occhi serrati, eri immobile, ho avuto paura. Mi dirai che ti faceva male la luce, che sentivi dolore in tutto il corpo, che da morto stavi meglio.

Hai subito sentito il mio odore, *Marianne sei qui?* hai detto.

Ti ho preso la mano, l'hai stretta, hai aperto gli occhi pieni di lacrime. Non potevi vedermi bene, ma mi sentivi ed io sentivo te.

"Marianne" hai ripetuto.

Dovrei darti tutto questo scritto, fartelo leggere, dirti che l'unico motivo per il quale ti sei svegliato è stato il tuo profondo amore verso quella ragazza russa. Mi avresti di certo corretto, mi avresti detto che non è russa. Ma non l'ho fatto, ho preferito credere che non ascoltavi le mie parole, che non c'eri durante quei giorni, che ti sei preso il tempo per dirle addio. Che in fondo sei tornato per il profondo amore che provavi per noi.

Tu non mi hai detto nulla, non mi hai chiesto nulla, respiravi e basta. Ti sei solo ricordato di quel cuore in un frigorifero. Hai parlato del tuo viaggio in barca a vela verso la Grecia, di avere attraversato l'Albania con una jeep vecchia trent'anni. Mi hai raccontato la tua avventura fino in Serbia, poi non ricordi più nulla.

Te lo dico io. Hai preso quel cuore a Belgrado, sei tornato fino in Grecia, hai attraversato lo Ionio a vela fino a Siracusa. Ti sei precipitato in macchina, sei arrivato fino a Catania, hai attraversato la città, raggiunto il casello. In un'ora, massimo due, saresti arrivato al policlinico di Messina. Ti aspettava quel cardiochirurgo con un biglietto aereo per Londra e dei certificati di donazione falsi. Io sapevo solo che eri fuori per lavoro, per un reportage. Ti credo sempre, sono una stupida.

L'incidente me lo ha raccontato quell'agente. Lo ha trovato lui quel frigorifero bruciato esploso per i gas e la pressione. Quel cuore si è volatilizzato nelle fiamme. Ti davano per morto, ti ha salvato un'infermiera con un massaggio cardiaco. È finito tutto in archivio, non possono farti nulla per un frigorifero bruciato, anche se in effetti hanno capito. Forse ti condanneranno per eccesso di velocità e resistenza a pubblico ufficiale. Dovrai risarcire la società autostrade, pagare per tutti i danni e le spese processuali. Ci andrai in sedia a rotelle al processo, ma durerà tanto, per la fine sono certa che sarai già in grado di camminare sulle tue gambe. I medici hanno detto che puoi ritornare quasi come prima, qualcuno ha suggerito che forse tornerai meglio di prima, abbiamo riso felici con Luca di tutto questo.

È vero, sei già diverso, sei sereno, contento, ma non d'essere tornato. Hai visto una luce. Mi hai detto di non parlarne con nessuno. Grazie a quella luce trovo la forza di parlarti di Beatrise. Rimani calmo, in pace, comprendo che devi per forza aver visto Dio, che è per quello che stai bene.

Beatrise è morta alcune settimane dopo il tuo incidente per insufficienza cardiaca, non è stato possibile trovarle un cuore in Gran Bretagna, tu sei finito in quel letto. Non ce l'hai fatta, non sei mai arrivato con quel frigorifero a Londra. Le avresti di certo accarezzato il capo, l'avresti baciata sulla fronte e le avresti detto di non temere, che tu c'eri, che sarebbe andato tutto bene. Quel cuore si è bruciato, hai fallito, per la prima volta, l'ultima, la più importante.

Ho saputo tutto quello che dovevo ancora sapere, me lo ha raccontato Adele, mi ha portato a casa sua, di Beatrise intendo. Era proprio come scrivevi tu, una piccola scatola profumata dentro un letamaio. Le ha dato Beatrise le chiavi per farle spedire le sue cose alla madre quando ha capito che non saresti più arrivato. Sapeva ormai che senza di te nessuno si sarebbe affrettato a trovarle un cuore.

Adele mi ha parlato del problema di Beatrise con la cocaina, che era cardiopatica. Forse la storia di quelle lettere ha fatto la differenza. Era mio dovere Marco conoscerne il contenuto, sapere che rapporto vi fosse tra voi due, cercare di capire cosa erano tutti quei viaggi, tutti quei soldi. Anche se poi come ho potuto comprendere non è mai ciò che sembra, ma sembra essere più ciò che ci pare, e tua madre lo sapeva bene.

Ho preso tutti i diari di Beatrise, li ho fatti tradurre, m'è costata una fortuna, ma adesso so e capisco quest'ossessione. Beatrise era gravida. Se tu lo sapessi non lo so, ma immagino di sì. Forse è stato questo che ti ha fatto tornare da noi, il vostro amore atavico.

Forse quello era figlio tuo, ma questo non lo so, non lo potrò mai sapere. Solo tu sai se avete fatto l'amore. Per quanto riguarda tua madre, ho perdonato anche lei. Io sono una donna che aspira a divenire adulta ormai. Noi siamo mente e corpo ed è molto importante prendere in considerazione entrambi. Una persona adulta non giudica, non è oltremodo emotiva o troppo razionale, corregge i movimenti, usa bene e sente il suo corpo, è il risultato dell'equilibrio tra le cose. Noi, che ci sentiamo adulti, ci difendiamo sempre attaccando gli altri. Lo facciamo ingenuamente, senza mai chiederci cosa faccia male e cosa danneggi. Noi genitori, per esempio, innocentemente danneggiamo i nostri figli. Spesso limitiamo seriamente il resto della loro vita, di tutti coloro che gli staranno accanto. La tendenza è quella di sentirci superiori, rigidi nell'accettare che le nostre posizioni possano essere viziate, errate. La questione non è come fare ad essere una buona persona ad un livello superficiale. Il punto è capire in che maniera facciamo del male e che effetto ha questo male sugli altri.

Se siamo deboli formiamo alleanze. Così diventiamo più forti, andiamo contro coloro che ci fanno sentire inferiori, attaccandoli o inglobandoli. Tutto questo mi appare come un ciclo impossibile da fermare, una malattia che si tramanda di gene in gene. La speranza è che capendole queste cose, possiamo iniziare a cambiare, ad evitare lotte, o addirittura guerre.

Sembrerebbe che se non ci impegneremo a capirci come esseri, il nostro destino sarà la distruzione. Oggi abbiamo anche maniere più sofisticate per fare del male, per soggiogare i più deboli. Saresti di certo d'accordo con me se ti lasciassi leggere queste righe, se riuscissi a confrontarmi lealmente con te. Ma io sono fragile, come tutti. Mortale, come tutti. Sono sola, unica e sleale, esattamente come tutti gli altri. Sono un animale traumatizzato che si difende dalla paura.

Luca è stato un modello, un insegnante di vita. Ha fatto di tutto per evitare le spiacevoli sensazioni d'infelicità, quegli orribili stati d'ansia. Per lui è stato più confortevole identificarsi con me che essere la mia vittima. Ha preferito escludermi per non perdere la pace, lottare per i fatti suoi. Lo ha fatto a modo suo, come solo un bambino della sua età può fare. Ha fatto bene, io non avevo più forze. L'ho messo da parte e lui ha messo da parte me. Grazie a lui però ho compreso cosa è un adulto, anche se a dire il vero, fatico molto a divenire adulta. Ho capito che il mondo non cresce, non ne ha voglia, non respira, ma che io ho appena iniziato a farlo.

La differenza tra me e Beatrise, era che io credevo di meritarmelo d'essere amata e di appartenerti. All'inizio provavo vergogna, credevo vi fosse qualcosa che non andasse con me, ma vergognandomi ho sentito di essere unita a te. La cosa che mi teneva lontana era la paura di questa nostra connessione, il terrore potesse divenire vero amore. Forse ho trovato il coraggio d'essere imperfetta, autentica. Ho accettato la mia vulnerabilità, e questa cosa mi ha reso bella. Era una condizione necessaria per poter dire sinceramente che io ti amo.

Non c'era nessuna garanzia in quello che stavo facendo, ma questo è risultato essere fondamentale, anche se può sembrare io stessi solo cercando di tradire me stessa. Adulto è un individuo che sa affrontare i propri sentimenti, uno che ha bisogno di valori, che ne capisce il loro profondo significato, che sa essere indipendente e responsabile in ogni circostanza, che riesce sempre e comunque ad esprimere la propria creatività. Avevo il dovere di usare questo scrittoio per riportarti al mondo, v'è una magia in questo legno. È lo stesso che ti ha reso ciò che sei, che ti ha unito a lei, che vi ha separato in eterno. Doveva per forza essere il posto dal quale avrei dovuto tentare di farti riamare nonostante tutto.

Anche se eri spento io mi sono lasciata osservare profondamente, ti ho mostrato tutta la mia vulnerabilità. Ma ti ho fatto intendere anche d'avere sempre in mente una meta. Cercare di ridare un padre a mio figlio, un amante a me stessa, è stato essenziale perché io iniziassi di nuovo a viverti.

Ho dovuto sentire il dolore per crescere, smettere d'essere ossessivamente sospettosa, iniziare ad accettare ogni cosa. Non posso più addormentare le mie emozioni perché non le voglio provare, devo avere accesso ad esse. È con esse che trovo l'amore. Divenire adulti sembra essere il risultato di quanto una persona sia disposta a lottare, perché senza la lotta per la crescita tutto il resto ha un valore limitato, o addirittura nullo.

Oggi ho accesso ai miei sentimenti, non tendo a distorcerli come facevo, amo quello che faccio, e lo faccio ogni giorno come se fosse l'ultima cosa che farò. Presto morirò anch'io, la vita è un attimo rinchiuso in una scatola bianca grande quanto un pugno, un regalo in bilico tra le nostre mani ed un oceano. Se non siamo in grado d'aprirla e godere d'essa, allora vorrà dire che l'abbiamo persa, per sempre.

Grazie per avermi fatto notare che sono mortale, mi ha fatto evitare di pensare che tentare di riportati tra noi avrebbe potuto significare rischiare di compromettere la mia identità, di mostrare al mondo la mia follia, di disfarmi del mio personaggio inutile. Ma io ero già persa Marco, non c'era nessuna vera ragione per non farlo, per non tentare finalmente di amarti. Avevo il dovere di sapere, di assecondare le mie intuizioni, di testare le mie sensazioni, di vergognarmi della mia vulnerabilità.

Nonostante tu abbia avuto la certezza della presenza di una luce meravigliosa, in qualche modo io sapevo tu stessi sentendo il forte bisogno di continuare ad essere.

Oltre ad amarti avevo un dovere caro Marco, il dovere di proteggere la mia prole a tutti i costi, ed è questo quello che ho fatto leggendoti queste pagine. Se le leggi fino a questa ultima riga ci resti anche male, forse chiederai tu il divorzio questa volta, o forse semplicemente smetterai ancora una volta di respirare..

Antonio Romagnolo è nato in Italia (Milazzo) il 18 settembre 1974. Ha vissuto in Sicilia fino al 1997 dedicando un'intera decade al rugby, per poi trasferirsi a Cambridge (Inghilterra) dove vive tutt'ora con la sua compagna e due figli. Nel Regno Unito ha studiato l'inglese e lo spagnolo, ha continuato a nutrire la passione verso il rugby ed ha conseguito una laurea in Sport Science. Dotato di una naturale capacità narrativa, dopo essersi laureato ha manifestato il suo interesse verso la comprensione del comportamento umano e la scrittura studiando Counselling e Creative Writing all'Institute of Continuing Education della Cambridge University. *Sono io, la tua aria*, è il primo frutto del suo lavoro e sancisce il suo esordio letterario.

Crea adesso
una recensione su amazon.com
su quest'autore
ed il suo romanzo.